AF218555

NOVELA DE AJEDREZ
24 horas en la vida de una mujer
Carta de una desconocida

Stefan Zweig

Títulos: Novela de ajedrez / Veinticuatro horas en la vida de una mujer / Carta de una desconocida
Títulos originales: *Die Schachnovelle / Vierundzwanzig Stunden aus dem Leben einer Frau / Brief einer Unbekannten*
Autor: Stefan Zweig

© Edimat Libros, SA
C/ Primavera, 10, nave 35
28500 Arganda del Rey
Madrid-España
www.edimat.es

Traducción: Rodrigo Díaz Núñez
Diseño de cubierta: Karakachoff Estudio
Ilustración de cubierta: Andrés Nancul para Karakachoff Estudio

ISBN: 978-84-9794-708-4
Depósito Legal: M-24814-2025

Reservados todos los derechos. El contenido de esta obra está protegido por la Ley, que establece penas de prisión o multas, además de las correspondientes indemnizaciones por daños y perjuicios, para quienes reprodujeren, plagiaren, distribuyeren o comunicaren públicamente, en todo o en parte, una obra literaria, artística o científica, o su transformación, interpretación o ejecución artística fijada en cualquier tipo de soporte o comunicada a través de cualquier medio, sin la preceptiva autorización.

Impreso en China - *Printed in China*

INTRODUCCIÓN

El escritor austriaco Stefan Zweig nació en 1881 en Viena, por entonces capital del imperio austro-húngaro regido por la casa de Habsburgo. Fue hijo del matrimonio de Moritz Zweig (1845-1926), un rico empresario textil, y de Ida Brettauer (1854-1938), de una rica familia de banqueros judíos. Estudió Filosofía en la Universidad de Viena, donde consiguió el doctorado con una tesis sobre la filosofía de Taine. La religión no tuvo un papel central en su educación, en una entrevista dijo de ello: «Mi madre y mi padre eran judíos accidentalmente, sólo por nacimiento», pero él no renunció nunca a su fe judía y escribió mucho sobre personas y temas judíos durante su vida. Tuvo una relación de amistad con Theodor Herzl, el fundador del sionismo, cuando éste era aún editor literario del periódico más importante de Viena en la época.

Zweig trabajó en los archivos del Ministerio de la Guerra y apoyó el esfuerzo de guerra austriaco con sus escritos en la prensa. En cambio, se retrata a sí mismo en sus memorias como pacifista en la época de la Primera Guerra Mundial, y afirma que se negó a participar en las fanáticas calumnias contra el enemigo. Durante los cuatro años de aquella primera guerra sólo escribió la tragedia escénica *Jeremías,* que tuvo un éxito extraordinario en su estreno en 1918, poco antes de finalizar la contienda. En ella denunciaba lo absurdo de cualquier guerra y fue su debut como pacifista convencido.

El período de entreguerras fue la época más creativa y productiva de Zweig. Escribió estudios históricos de escritores y poetas famosos como Hölderlin, Kleist, Nietzsche, y de Balzac, Dickens y Dostoievski, en su obra de 1920 *Tres maestros,* además de momentos históricos decisivos en su obra de 1927, *Momentos estelares de la Historia.* Publicó, entre otras, biografías de Fouché (1925), María Antonieta (1932) y de María Estuardo (1935), así como escritos sobre Shopenhauer y Rilke. Sus obras de ficción, que lo hicieron muy popular, fueron *Carta de una desconocida* (1922), *Desbocado* (1922), *Miedo* (1925), *La confusión de los sentimientos* (1927), de temática homosexual masculina, *Veinticuatro horas de la vida de una mujer* (1927), la novela psicológica *La piedad peligrosa*, y *El juego real (Novela de ajedrez,* 1941). Estas obras tuvieron muy buena acogida pública, haciendo famoso a su autor, que se convirtió en uno de los escritores más traducidos y populares del mundo. Escribió también varias otras biografías, destacando las de *Erasmo de Rotterdam, Fernando Magallanes* y *María, reina de Escocia.*

En 1920 se casó con Friderike Maria von Winternitz, de quien se divorció en 1938. A finales de verano del año siguiente se casó con su secretaria Elisabeth Charlotte («Lotte») Altmann en Bath. Desde 1919 hasta 1938 su secretaria (es decir, su asistente en la redacción y copias mecanografiadas de sus textos) había sido Anna Meingast, mucho más joven que él. Se dice que Zweig, a quien aterraba el paso del tiempo, pues cumplir los cincuenta fue una tragedia para él, se casó con ella como un intento de rejuvenecer.

Ni siquiera el gran prestigio que tenía entonces podía librarlo de la amenaza de persecución por ser judío. Se produjo un registro en su casa en busca de armas ficticias, lo que alertó al escritor de lo que podría llegar a sucederle. En 1934 tuvo lugar el ascenso al poder de Hitler en Alemania y se impuso el régimen político del «austrofascismo» en su país, por lo que Zweig emigró a Inglaterra en 1938, instalándose primero en Londres y luego en Bath en 1939. Pero Zweig tenía un carácter muy obsesivo y le parecía que Inglaterra no estaba lo bastante lejos como para alejarlo de la amenaza nazi, y en 1940, junto a su segunda esposa, se instaló en Nueva York. Zweig tenía razón en temer que fuese un objetivo para los nazis en Inglaterra. Como parte de la preparación para la prevista invasión del país, las SS habían redactado un *libro negro* con la lista de las personas que serían detenidas inmediatamente, y el nombre de Zweig figuraba en él junto con su dirección en Londres.

El matrimonio vivió solamente dos meses en los Estados Unidos, como invitados de la Universidad de Yale. En agosto de 1940 se instalaron en Petrópolis, una colonia alemana al norte de Río de Janeiro. Movido por la belleza del país, la generosidad de sus gentes y su situación personal en Brasil, Zweig escribió, casi como un homenaje, el libro *Brasil, tierra del futuro,* que consiste en una colección de ensayos sobre la historia y la cultura del país. Allí estableció una gran amistad con la poeta chilena Gabriela Mistral (Premio Nobel de Literatura en 1945).

El enorme éxito que cosecharon sus obras lo volvió aún más intranquilo. La fama era una losa para él, las innumerables cartas de admiradores y las peticiones constantes de ayuda lo abrumaban, no lo dejaban escribir. Una de las características más prominentes de la personalidad de Zweig era la impaciencia, todo tenía que ser rápido, tanto sus obras como su vida; era incapaz de esperar. Durante su largo exilio, que lo agotó por los largos años de vagabundear sin hogar, vivió constantemente alerta por la amenaza del nazismo, pues sintió que nunca podría ser libre ni estar libre del miedo. Escribió: «¿Crees sinceramente que los nazis no vendrán aquí? Nada puede detenerlos ahora». Lo apremiaba su impaciencia por que acabase su situación, que se le hacía más insostenible día a día. Zweig creía en un mundo libre sin fronteras, pero fue sometido por ellas: «Mi crisis interna consiste en que no soy capaz de identificarme con el yo de mi pasaporte, con el yo del exilio».

Una de las mayores angustias de Zweig fue la pérdida de su hogar lingüístico, manifestó «una vergüenza secreta y atormentadora de que la ideología nazi se haya concebido y redactado en alemán», él, que un tiempo estuvo tan orgulloso de hablarlo. Sintió que el lenguaje de Schiller, Goethe y Rilke había sido ocupado y deformado irremediablemente por el nazismo. Después de su exilio en Inglaterra, expresó que «me siento encarcelado en un idioma que ya no puedo usar».

El gobierno brasileño de Gétulo Vargas había restringido por motivos raciales el asilo a la inmigración judía, pero hizo una excepción con el matrimonio Zweig debido a la fama de Stefan. Aquello generó un elogio ferviente por su parte. Viendo que en Brasil los descendientes de emigrantes africanos, portugueses, alemanes, italianos, sirios y japoneses se mezclaron libremente, escribió: «Todas estas razas viven en completa armonía entre sí. Mientras que nuestro viejo mundo está gobernado más que nunca por el absurdo intento de criar a personas racialmente puras, como caballos o perros de raza, la nación brasileña ha sido construida durante siglos por un mestizaje libre y desinhibido. No hay barreras por color, no hay segregación ni clasificación arrogante. ¿Quién se jactaría aquí de una pureza racial absoluta?». El periódico principal del Brasil lo acusó de ignorar las innovaciones industriales del país, y de que el gobierno había pagado sus elogios con un visado de residencia.

En Petrópolis, el hombre aterrorizado de envejecer cumplió sesenta años. Esta ciudad, que encantaba a la pareja por el exotismo local, lo buenos y humildes que eran sus moradores, lo baratas que allí eran las cosas y la belleza del paisaje selvático y tropical que los rodeaba, acabó por volverse una especie de cárcel dorada. Según pasaban los meses, aquel paraíso llegó a resultarles opresivo. Les faltaban los amigos con que conversar de literatura, de arte, de música; carecían de las bibliotecas que tuviesen los libros que él necesitaba consultar. Y además, Lotte padecía de asma y el clima de Petrópolis no le sentaba tan bien como pensaron. Podrían volver a Nueva York, donde serían muy bien recibidos, pero allí la fama de Zweig lo convertiría de nuevo en presa de las multitudes que esperaban algo de él. En Europa había estallado la guerra contra Hitler, y cientos de judíos le pedirían ayuda para emigrar a Estados Unidos. En esas condiciones no podría dedicarse a escribir, que era «la justificación de su vida», en sus propias palabras.

En su soledad con Lotte, Zweig se sentía viejo. En sus manos cayeron los *Ensayos* de Montaigne, donde se encontró con los pasajes dedicados al suicidio y a Séneca, que veía a la muerte como «la sanadora de todas las enfermedades» y al suicidio como el supremo acto de libertad del ser humano. En el ataque a Pearl Harbour se destruyeron algunos navíos brasileños, por lo que Zweig creyó que el favor que disfrutaba en Brasil estaba a punto de terminar: lo acusarían de ser un enemigo extranjero, o tal vez lo recluirían en un campo de concentración, o quizá Hitler y sus ejércitos invadirían Brasil... En su habitual impaciencia convenció a Lotte de que «no tenemos presente ni futuro; decidamos, enlazados por el amor, no dejarnos el uno al otro».

Un día antes de su suicidio, terminó con Lotte la copia de *El mundo de ayer. Memorias de un europeo.* El 22 de febrero de 1942, Stephan Zweig y su esposa Lotte fueron encontrados sin vida en su casa de Petrópolis; estaban agarrados de la mano, ella vestía kimono, camisa y corbata, él. La noche anterior, Stefan había jugado al ajedrez con su vecino. Luego regresó a casa y, antes de ingerir el veronal con Lotte, escribió la carta de despedida con las razones que motivaron el suicidio. «¡Un saludo a todos mis amigos! ¡Ojalá que todavía puedan ver la aurora después de la larga noche! Yo, demasiado impaciente, parto antes que ellos».

NOVELA DE AJEDREZ

Esta novela *(Schachnovelle),* que se conoce también con el título *El juego real,* fue escrita en 1941, el año antes del suicidio de Zweig, y fue su última obra.

La novela empieza con un narrador anónimo que describe la subida a bordo de un barco de línea que viaja de Nueva York a Buenos Aires. Uno de los pasajeros es la figura mundial del ajedrez Mirko Czentovic, que es uno de esos «idiotas sabios» sin otras habilidades que la de jugar prodigiosamente al ajedrez. El narrador cuenta que se puso a jugar al ajedrez con su esposa para suscitar el interés del campeón y hacerlo jugar una partida con él. Un grupo de pasajeros establece una «partida consultada» (partida en la que dos o más jugadores de un bando, o de los dos, consultan entre sí y deciden los movimientos conjuntamente) con Czentovic, quien gana. Deciden otra partida de ese tipo, y cuando están a punto de perder de nuevo aparece el doctor B., que evita que cometan un grave error y lleva la partida a tablas.

El doctor B. le cuenta su vida al narrador. Era un abogado encargado de los bienes de la nobleza y de la Iglesia que fue detenido por la Gestapo con la idea de extraer información de él para apoderarse de esos bienes. Para ello lo someten a un confinamiento solitario en una habitación de hotel, pero él mantiene la cordura robando un libro con las partidas de los maestros antiguos de ajedrez, libro que aprende de memoria. Tras absorber cada partida y movimiento, empieza a jugar contra sí mismo y desarrolla la habilidad de separar su mente en dos personalidades. Se pasa el tiempo paseando por la habitación jugando mentalmente al ajedrez. Ese comportamiento se hace cada vez más frenético y obsesivo y él va perdiendo el contacto con la realidad. Tiene un accidente y lo llevan al hospital. Allí, un médico comprensivo que conoce su situación lo declara loco para que lo liberen, y le avisa de que evite el ajedrez.

Los pasajeros convencen al doctor B. de que juegue una partida con Czentovic, a lo que accede para saber si su habilidad con el ajedrez es real, pero advierte de que no debe jugar más que una partida. El doctor B. hace una demostración extraordinaria de talento e inventiva, y vence al campeón, que pide la partida de revancha. En ella, el maestro hace todo lo posible por afectar la mente del doctor, que se pone cada vez más nervioso y empieza a caminar entre los movimientos como en trance. En un momento avisa de un jaque con un alfil que no está allí, pues está jugando una partida distinta en su mente. El narrador insta al doctor B. que deje de jugar. Abandona la partida, aunque Czentovic dice que su ataque era bastante bueno.

En esta novela corta, publicada en 1927, se describe a una mujer a lo largo de un solo día, pero ese día es a la vez el más maravilloso y el más terrible de su vida. Ella es una viuda inglesa que una noche en Montecarlo se queda fascinada por el temerario y suicida modo de apostar de un diplomático polaco. Desde esa chispa de interés, ella se ve arrastrada a la vida perturbada e inestable del jugador.

Se hicieron versiones cinematográficas de esta novela desde 1931, destacando la interpretada en 1961 por Ingrid Bergman.

Carta de una desconocida

A esta novela corta se la considera generalmente como la obra de ficción más famosa de Zweig. Se publicó en 1921 en el periódico *Neue Freie Presse* antes de publicarse como libro en 1922. Es la narración de un escritor que mientras lee una carta de una mujer que no recuerda va teniendo atisbos de su vida.

Un escritor rico y famoso regresa a Viena tras unas vacaciones y se encuentra con una larga carta de una mujer desconocida. En ella le cuenta que siendo niña vivió con su pobre madre enferma en el mismo edificio que él, y que se había enamorado de su opulento y culto modo de vida y del atractivo y encantador joven que él era. Su pasión no se vio disminuida por el constante flujo de mujeres que ella ve entrar y salir de su casa, y tampoco cuando su madre volvió a casarse y ella se fue de Viena. A los dieciocho años volvió a la capital, buscó trabajo e intentó reunirse con él de nuevo. Lo consiguió, pero él no la reconoció y ella no le dijo su nombre. Antes de que él partiera para unas largas vacaciones, consiguió que pasaran juntos tres noches.

Se quedó embarazada, perdió su trabajo y tuvo que dar a luz en un hogar para indigentes. Ella estaba decidida a que su hijo tuviese una buena vida, para lo cual pasó noches o se hizo amante de varios hombres ricos, pero no quiso casarse nunca porque su corazón pertenecía al escritor. Una noche, en compañía de un amante, vio al escritor en un club nocturno y logró irse a casa con él. Para el escritor ella era sólo una compañía agradable para la noche, pues siguió sin reconocerla. En la carta le dice que el niño murió en la epidemia de gripe de 1918, que ella enfermó también y que escribió la carta para que se la enviasen tras su muerte.

NOVELA DE AJEDREZ

En el transatlántico que partía a medianoche desde Nueva York en dirección a Buenos Aires reinaba el ajetreo habitual del último momento. Los pasajeros embarcaban escoltados por grupos de amigos, los portadores de telegramas, con la gorra ladeada, vociferaban nombres por los salones. Se traían y llevaban maletas y flores, niños curiosos correteaban subiendo y bajando por las escaleras del barco, mientras que desde el puente la orquesta acompañaba imperturbable aquel formidable jaleo.

Yo conversaba con un conocido en la cubierta principal a cierta distancia de aquel barullo, cuando relampaguearon dos o tres flashes muy cerca de nosotros. Por lo visto, los periodistas estaban entrevistando y fotografiando a una persona conocida justo antes de zarpar.

Mi interlocutor miró en aquella dirección y sonrió.

—Tenemos a bordo una pasajero muy especial —dijo y, como yo no parecía haber entendido de qué hablaba, añadió, a modo de explicación—: Mirko Czentovic, el campeón mundial de ajedrez. Acaba de atravesar los Estados Unidos de costa a costa ganando todos los torneos, y ahora se va en busca de nuevas glorias a la Argentina.

En ese momento recordé quien era aquel joven campeón y algunos detalles de su fulgurante carrera. Mi amigo, que leía más la prensa que yo, completó mis recuerdos con numerosas anécdotas.

Hacía aproximadamente un año, Czentovic se había puesto repentinamente a la altura de los más célebres maestros del ajedrez, como Aljechin, Capablanca, Tatakower, Lasker o Bogoliúbov. Desde que, en 1922, Rzecewski, el niño prodigio de siete años, había destacado en el torneo de Nueva York, no se había vuelto a ver a un absoluto desconocido llamar la atención del mundo de una forma tan espectacular sobre el ilustre gremio de los jugadores de ajedrez. Y resulta que a juzgar por sus capacidades intelectuales nadie podría haberle augurado un futuro brillante. Si al principio se mantuvo en secreto, luego se corrió el rumor de que este campeón era incapaz en privado de escribir una oración, incluso en su propio idioma, sin faltas de ortografía, y que, según comentaba burlón un compañero despechado, «su incultura en cualquier ámbito era absolutamente ilimitada».

Czentovic era el hijo de un humilde barquero del Danubio, cuya pequeña embarcación había sido hundida una noche por un vapor cargado de trigo. Muerto su padre, el niño, que contaba por entonces doce años, fue acogido por el caritativo párroco de su pueblo y el excelente cura se esforzó en hacer repetir a aquel chico de frente generosa, apático y taciturno, las lecciones que no era capaz de retener en la escuela. Pero sus esfuerzos fueron en vano. Mirko miraba con ojos vacíos los símbolos ortográficos que ya le habían explicado cien veces, mientras su cerebro se esforzaba sin conseguir asimilar ni los conceptos más elementales. Con catorce años aún contaba con los dedos y algunos años después, tenía que hacer un gran esfuerzo para poder leer un libro o un periódico. No obstante, esto no se debía a su falta de voluntad o cabezonería, pues él hacía obedientemente lo que se le ordenaba, cargaba con el agua, picaba leña, trabajaba en los campos, limpiaba la cocina y, en resumen, cumplía razonablemente, si bien con una lentitud exasperante, todas las tareas que se le encomendaban. Pero lo que realmente irritaba al pobre párroco, era la absoluta indolencia del chico. Nunca hacía nada por iniciativa propia, nunca hacía preguntas, no jugaba con los niños de su edad y nunca buscaba algo que hacer, si no se lo habían pedido. En cuanto acababa su tarea, se sentaba en algún lugar de la habitación, con esa expresión ausente y vacía que tienen las ovejas cuando pacen, sin interesarse lo más mínimo por lo que sucedía a su alrededor. Por la noche, el cura encendía su rústica pipa y jugaba con el guardia municipal sus tres partidas de ajedrez de costumbre. Entonces el chaval acercaba su cabeza rubia a la mesa y observaba en silencio el tablero, con unos ojos que parecían dormidos y ausentes bajo sus pesados párpados.

Una noche de invierno, mientras los dos amigos estaban inmersos en su partida, se oyó el tintineo de las campanas de un trineo que se acercaba por la calle. Un campesino, con el gorro cubierto de nieve, entró precipitadamente y le preguntó al sacerdote si podía acudir inmediatamente a darle la extremaunción a su anciana madre que agonizaba. El cura se apresuró a acompañarlo. El guardia, que no había terminado su cerveza, encendió por tercera vez su pipa y se puso a calzarse sus pesadas botas para irse, entonces advirtió de repente que la mirada de Mirko permanecía fijada sobre el tablero con la partida a medias.

«¿Qué? ¿Quieres acabar tú la partida?», dijo medio en broma, pues estaba convencido de que aquel chiquillo somnoliento no sabría mover ni los peones por el tablero. El chico levantó tímidamente la cabeza, asintió y ocupó el asiento del cura. En catorce movimientos, el guardia había sido derrotado y además, debía admitir que su derrota no se debía a ninguna negligencia por su parte. La segunda partida tuvo idéntico resultado.

—¡Pero esto es como la burra de Balaam! —exclamó el clérigo a su regreso. Y le explicó al guardia, menos versado en los textos bíblicos, como, hacía dos mil años se había obrado un milagro parecido, en el que una criatura desprovista del don de la palabra, había hablado sabiamente. A pesar de que era tarde, el cura no pudo reprimir su deseo de medirse con su semianalfabeto protegido. Mirko lo derrotó igualmente con facilidad. Su forma de jugar era lenta, tenaz e imperturbable y nunca levantaba su amplia frente, inclinado sobre el tablero. No obstante, la solidez de su táctica era absolutamente incuestionable: en los días siguientes ni el guardia, ni el cura, fueron capaces de ganarle una sola partida. El clérigo, que conocía mejor que nadie el retraso de su pupilo en otros ámbitos, tenía muchísima curiosidad por saber si este don tan singular se podría ver confirmado frente a adversarios de más entidad. Llevó a Mirko al barbero del pueblo a que le cortara su greña pajiza, a fin de adecentarlo y, a continuación, se lo llevó en trineo a la ciudad vecina. Conocía allí un grupo de jugadores de ajedrez empedernidos, mejores que él, que se reunían en una esquina del café de la Plaza Mayor. La sorpresa de los parroquianos fue mayúscula cuando entró el cura, empujando delante de él a aquel muchacho rubio de quince años, con los mofletes colorados, vestido con una pelliza de piel vuelta y calzado con unas pesadas botas. El chiquillo se quedó allí plantado, bajando tímidamente la mirada, hasta que lo invitaron a una de las mesas de ajedrez. Perdió la primera partida, pues nunca había visto a su protector practicar lo que se conoce como la «apertura siciliana». En la segunda, ya hizo tablas con el mejor jugador del grupo y, a partir de la tercera y la cuarta partida, los ganaba a todos uno detrás de otro.

Y así fue como una pequeña ciudad de provincias yugoslava se convirtió en el escenario de un acontecimiento de primer orden y como sus prohombres asistieron al completo a los sensacionales inicios de este campeón aldeano. De manera unánime decidieron retener en la ciudad al joven prodigio hasta el día siguiente, para así poder informar de su presencia al resto de miembros del club, y sobre todo para dar el aviso en el palacio del viejo conde Simczic, fanático del ajedrez. El cura, que miraba a su pupilo con un orgullo totalmente nuevo, no podía, sin embargo, y a pesar de la alegría de aquel descubrimiento, abandonar sus deberes dominicales y explicó que les dejaría a Mirko a aquellos señores, para que terminará de probar su habilidad. De esta manera se alojó al joven Czentovic en el hotel, a expensas de los jugadores, y allí vio por primera vez en su vida un retrete provisto de cisterna. El siguiente domingo por la tarde, ante un auditorio abarrotado, Mirko estuvo sentado sin moverse durante cuatro horas ante el tablero de ajedrez y, sin decir una palabra y sin siquiera alzar la vista, venció a todos sus rivales. Alguien propuso una partida simultánea. Costó Dios y ayuda explicarle a aquel patán en qué consistía aquello de jugar él solo contra varios oponentes. Pero una vez hubo comprendido la idea, se puso inmediatamente manos a la obra, yendo lentamente de una a otra mesa haciendo rechinar sus zapatones y, como resultado, ganó siete de las ocho partidas.

Entonces empezaron largas deliberaciones. Si bien el nuevo campeón no era natural de la ciudad, el sentimiento localista resurgió con fuerza ¿Quién sabe si aquella localidad, que apenas aparecía en el mapa, no iba a hacerse notar por primera vez dando al mundo una celebridad? Un empresario del mundo del espectáculo, de nombre Keller, que normalmente se dedicaba tan sólo a proporcionar canciones y cantantes al cabaret de la guarnición, se ofreció a llevar al joven prodigio a Viena, a casa de un gran maestro, que se encargaría de iniciarlo en aquel arte, a condición de que se comprometieran a correr con los gastos de un año de estancia en la capital. El conde Simczic, que, en sesenta años de práctica diaria, jamás había encontrado un oponente tan impresionante, firmó un cheque allí mismo. Y así comenzó la formidable carrera de aquel hijo de barquero.

En seis meses Mirko aprendió todos los secretos técnicos del ajedrez, si bien es cierto que con una peculiar limitación, que provocaba
guasa en los círculos que empezó a frecuentar. Pues Czentovic jamás
pudo jugar una sola partida de memoria o, como se suele decir, a ciegas. Era absolutamente incapaz de visualizar el tablero en su imaginación, no podía jugar sin ver ante sí, de forma real y palpable, las
sesenta y cuatro casillas negras y blancas, y las treinta y dos piezas
del juego. Incluso cuando ya era una celebridad en el mundo entero,
llevaba consigo un ajedrez de bolsillo, para visualizar mejor la posición de las piezas cuando quería resolver un problema o reconstruir
una partida magistral. Esta limitación, que en rigor no era tan grave,
ponía en evidencia su falta de imaginación, y esto se comentaba con
mala baba en los círculos que frecuentaba, como se comentaría, entre
músicos, que un virtuoso o un reconocido director de orquesta fueran
incapaces de tocar o de dirigir sin tener abierta la partitura ante sí. No
obstante, este detalle no retrasó en absoluto los fulgurantes progresos
de Mirko. A los diecisiete años ya había ganado una docena de torneos, a los dieciocho era campeón de Hungría y finalmente, con veinte
años se proclamó campeón del mundo. Los jugadores más intrépidos,
aquellos que superaban sobradamente a Czentovic en inteligencia,
imaginación y audacia, nada podían hacer contra su fría e implacable
lógica, igual que no pudo Napoleón con la pesada solidez de Kutúzov,
o Aníbal ante Quinto Fabio, de quien Tito Livio nos cuenta que también en su juventud mostraba sorprendentes síntomas de indolencia y
estulticia. El ilustre catálogo de los maestros de ajedrez, que incluía
hasta entonces los más variados perfiles de extraordinaria capacidad
mental, filósofos, matemáticos, cerebros imaginativos e incluso crea-
dores, por primera vez incorporaba un personaje ajeno al mundo del
pensamiento, encarnado en este patán torpe y taciturno, al que ni los
más hábiles periodistas consiguieron nunca arrancar ni una palabra
que pudiera servir para sus artículos. Es verdad que daban mucho juego las anécdotas sobre él. Porque, si bien es cierto que la maestría de
Czentovic era incontestable sobre el tablero, desde el momento en que
se apartaba de él se convertía en un individuo ridículo y casi grotesco,
a pesar de su ceremonioso traje negro y sus corbatas pomposamente
adornadas con una perla algo ostentosa. A pesar de sus manos cuida-
das con una trabajada manicura, conservaba las maneras y el porte del

joven aldeano cerrado que en otro tiempo barría la casa del cura de su pueblo. Haciendo gala de un cinismo tan zafio como impúdico, que escandalizaba y divertía a partes iguales a sus compañeros, sólo pensaba en sacar todo el dinero posible de su talento y de su fama. Su codicia no descartaba ninguna mezquindad, por muy ordinaria que fuera. Viajaba mucho, pero se alojaba en hoteles de tercera clase y aceptaba jugar en los clubes más desconocidos, con tal de que le pagaran sus honorarios. Apareció en el cartel publicitario de un jabón y, sin importarle las burlas de sus competidores, vendió su firma a un editor que publicó una «filosofía del ajedrez», cuando, en realidad, la obra la había escrito un estudiante desconocido de Galitzia para aquel editor, que era un hábil hombre de negocios. Como todos los tercos, Czentovic carecía de sentido del ridículo. Desde que era campeón del mundo, creía que era el personaje más importante de la humanidad, y el saber que había derrotado a hombres inteligentes, grandes conversadores y maestros de la escritura, así como especialmente el hecho tangible de que ganaba más dinero que aquéllos en su propio campo, transformaron su timidez original en una presunción fría que solía desplegar de manera grosera.

—Pero ¿cómo no iba un éxito tan temprano a corromper un cerebro tan vacío? —concluyó mi amigo, tras haberme contado algunos rasgos característicos del pueril engreimiento de Czentovic—. Dime tú ¿cómo un pequeño campesino de Banat, de veintiún años, no se va embriagar de vanidad viendo que le basta con mover unas piezas sobre una tabla a cuadros para ganar, en una semana, más de lo que ganan todos los habitantes de su aldea en un año cortando leña y con otras faenas extenuantes? Y además ¿no crees que es extremadamente fácil creerse un gran hombre cuando ni sospechas que han existido figuras como Rembrandt, Beethoven, Dante o Napoleón? Ese muchacho sólo tiene una cosa entre ceja y ceja, y es que desde hace meses no ha perdido una sola partida de ajedrez, y como precisamente resulta que ni se imagina que existen otros valores en la vida más allá del dinero y el ajedrez, pues es de pura lógica que esté encantado de conocerse.

Estos comentarios de mi amigo consiguieron despertar mi curiosidad. Los monomaníacos de pro, las personas que se obsesionan con una idea única siempre han llamado poderosamente mi atención, pues cuanto más se acota el pensamiento, más se acerca por otro lado al infinito. Esta suerte de personas, que viven aparentemente en soledad y construyen mundos, con sus particulares materiales y al estilo de las termitas, en torno a una personalidad absolutamente especial. Por ello expresé mi intención de observar de cerca aquel ejemplo tan singular de desarrollo intelectual unilateral, y que dedicaría a este propósito las doce jornadas de singladura que nos separaban de Río de Janeiro.

—Va a estar difícil que consigas tu propósito —me advirtió mi amigo—. A día de hoy, nadie, que yo sepa, ha conseguido sacar de Czentovic el mínimo indicio de organización psicológica. Tras su imbecilidad inconmensurable, este patán tiene suficiente astucia como para no ponerse en riesgo aplicando una técnica muy sencilla, que consiste en evitar cualquier conversación, excepto con los paisanos de su región que se encuentra en los hoteluchos en los que se aloja. En cuanto sospecha que está en presencia de un hombre cultivado, se encierra en su concha, y de esa manera nadie puede afirmar haberle oído decir ninguna sandez, o haber comprobado el alcance de su ignorancia, que se dice que es universal».

La experiencia vendría a confirmar sus palabras. Durante los primeros días de viaje, tuve que admitir que era absolutamente imposible abordar a Czentovic, al menos sin ser groseramente indiscreto, cosa que no me gusta, y que no practico. Se paseaba de vez en cuando por cubierta, pero siempre con un aire ensimismado y ausente, tal como aparece Napoleón en un cuadro muy conocido y, además, se iba de los sitios con tal brusquedad y precipitación, tras sus deambulaciones dubitativas, que habría hecho falta seguirlo a la carrera para poder dirigirle la palabra. Nunca se dejaba ver por los salones, el bar o en la sala de fumadores. Un camarero me confió discretamente que pasaba la mayor parte del tiempo en su camarote, entrenando o reconstruyendo una partida sobre un gran tablero.

Tardé tres días en convencerme de que su táctica defensiva era más hábil que mi voluntad de abordarlo, lo que me resultaba muy frustrante. Yo nunca había conocido personalmente a un gran maestro de ajedrez, y por más que intentaba imaginarme uno, no era capaz de conseguirlo. ¿Cómo podemos imaginar una mente exclusivamente dedicada, durante toda su vida, a una superficie compuesta de sesenta y cuatro casillas blancas y negras? Sin duda, yo conocía por experiencia la misteriosa atracción del «juego de reyes», el único juego inventado por el hombre que es absolutamente ajeno a la tiranía del azar, el único en el que uno sólo debe su victoria a su propia inteligencia o, más concretamente, a una forma particular de inteligencia. Pero, decir que el ajedrez es un juego ¿no es eso ya una simplificación ofensiva? ¿No es también una ciencia, un arte, o algo que, gravita entre estos campos de la misma manera que el ataúd de Mahoma lo hace entre el cielo y la tierra? Su origen se pierde en la noche de los tiempos y a la vez sigue siendo moderno. Su funcionamiento es mecánico, pero su resultado es sólo fruto de la imaginación. Está rigurosamente limitado a un espacio geométrico fijado y, sin embargo, sus combinaciones son ilimitadas. Consiste en un desarrollo continuo, pero estéril, es decir, se trata de un pensamiento que no concluye nada, una matemática que nada establece, un arte que no produce obra alguna, una arquitectura sin materia y, aun así, ha demostrado ser más duradero, a su manera, que los libros o que cualquier monumento. Es un juego único que pertenece a todos los pueblos y a todas las épocas, que nadie sabe qué dios se lo regaló a la humanidad para matar el aburrimiento, agudizar el espíritu y para estimular el alma. ¿Dónde empieza, dónde acaba? Un chiquillo puede aprender sus reglas básicas, un ignorante puede practicar y llegar a desarrollar, en el marco limitado el tablero, una maestría única, si está agraciado con un don especial. La paciencia, la agilidad mental y la técnica se combinan en una proporción muy concreta con una visión penetrante de las cosas para alcanzar descubrimientos, tal como se hace en matemáticas, en poesía o en música, si bien, en este caso, estas habilidades han de conjugarse, quizás, de una manera diferente. Así, cuando estuvo en boga la frenología un Gall podría haber tenido la tentación de disecar los cerebros de grandes maestros de ajedrez a fin de comprobar si la materia gris de genios parejos no presentaba una circunvolución particular que la distinguiera del resto, algo así como un músculo o joroba de ajedrecista. ¡Cuánto le habría interesado este caso de Czentovic en el que este don específico se aliaba con una simpleza intelectual tan sobrehumana, como si fuera una sola veta de oro en una enorme roca bruta! Sin duda, siempre he entendido que un juego tan particular, tan genial, pueda generar su propio tipo de héroes, pero ¡cómo imaginar la vida de un hombre inteligente cuyo mundo se reduce únicamente a mover hacia delante y hacia detrás treinta y dos piezas sobre cuadros negros y blancos, fiando a este vaivén toda la gloria de su vida! ¡Cómo imaginar un hombre que considera un logro el hecho de abrir el juego con un caballo en lugar de hacerlo con un simple peón, y que encaja su pequeña parcela de inmortalidad en una porción de un libro sobre el ajedrez, un hombre, al fin y al cabo, provisto de inteligencia, que podría aplicar durante diez, veinte, treinta, cuarenta años toda su capacidad de pensamiento a alcanzar el objetivo ridículo de acorralar a un rey de madera!

Y ahora que por primera vez un fenómeno de este tipo, un genio así de excepcional o, si preferimos, un loco así de enigmático se encontraba justo a mi lado, en el mismo barco, a seis camarotes del mío, yo veía que iba a dejar pasar la oportunidad de abordarlo, yo que, para mi desgracia, siempre he tenido una curiosidad innegociable por las cosas del intelecto. Así que me puse a urdir las más absurdas estratagemas: pedirle una entrevista para un gran periódico inventado, con la idea de apelar a su vanidad, o bien, proponerle una lucrativa gira por Escocia, buscando atraerlo por su afán de dinero. Hasta que finalmente, recordé el método más comprobado por los cazadores, que atraen al urogallo imitando su canto, en la temporada de celo ¿No sería jugar al ajedrez la mejor manera de llamar la atención de un ajedrecista?

Sinceramente, yo nunca he sido muy ducho en ese ámbito, pues yo sólo practico ese juego por placer, si me siento y me paso una hora delante de un tablero sólo es para relajar la mente, evitando cualquier esfuerzo. Digamos que yo «juego» en el sentido estricto del término, mientras que los otros, los ajedrecistas de verdad, lo «practican en serio». Por otro lado, en el ajedrez, como en el amor, se necesita una contraparte y, en aquel momento, yo no sabía si había a bordo más aficionados que nosotros. Así que concebí un plan para sacarlos a la luz: me senté en el salón de fumadores a modo de reclamo ante un tablero de ajedrez con mi esposa, que juega aun peor que yo. Antes del sexto movimiento ya empezaron a detenerse varios paseantes, que nos pedían permiso para mirar, hasta el momento en que uno me pidió, como yo quería, que jugara contra él. Se trataba de un ingeniero escoces de nombre MacConnor que, según explicó, había amasado una enorme fortuna instalando pozos de petróleo en California. Era un hombre fornido, de mentón cuadrado y poderosos dientes, el tono encendido de su piel probablemente se debiera en parte a su pronunciada afición al wiski. Su imponente espalda, que le daba un aire de deportista, se reflejaba en su manera de jugar, pues el señor MacConnor era de este tipo de hombres que han triunfado y son tan egocéntricos que se toman la derrota como una humillación personal, aun en algo tan inocente como una partida de ajedrez. Acostumbrado a imponerse brutalmente y reafirmado por sus éxitos reales, este hombre-hecho-así-mismo estaba tan poseído por su propia superioridad que consideraba cualquier oposición como un desatino o incluso como una ofensa. Perdió estrepitosamente la primera partida, y explicó gruñonamente de una manera autoritaria y errática, que su derrota tenía que haber sido fruto de una distracción puntual. La tercera derrota la achacó al ruido que llegaba desde la sala contigua. Siempre que perdía pedía la revancha. Esta furiosa realización del amor propio me divirtió al principio y después lo entendí únicamente como una circunstancia secundaria que venía de perlas a mi propósito de atraer a nuestra mesa al campeón del mundo.

El tercer día hizo efecto mi argucia, si bien, sólo a medias. O bien Czentovic nos había visto a través de un ojo de buey cuando se paseaba por cubierta, o era casualidad que nos honrara con su presencia en la sala de fumadores aquella mañana. Sea como fuere, lo vimos, a su pesar, encaminarse hacia nosotros y echar, desde cierta distancia, una mirada experta al tablero en el que nos atrevíamos a practicar su arte. En aquel momento MacConnor estaba moviendo un peón. Por desgracia, este movimiento bastó para dejarle claro a Czentovic que nuestros esfuerzos de aficionados no eran dignos de su regio interés. Con el gesto con el que se devuelve, sin siquiera hojearla, una mala novela negra, al estante de una librería, Czentovic se alejó de nuestra mesa y abandonó la sala de fumadores. «Tasado y juzgado no apto», pensé, un poco aplastado por aquella mirada seca y despectiva y, movido por el mal humor, le dije a MacConnor:

—Ese movimiento no parece haber impresionado al maestro.

—¿Qué maestro?

Le expliqué que aquel hombre que había pasado a nuestro lado echando una mirada desaprobatoria a nuestra partida era Czentovic, el campeón del mundo de ajedrez. «Pues bien», añadí, «lo que nos queda a nosotros es soportar esta afronta y encajar su augusto desprecio sin que nos haga más daño del necesario, pues no se hizo la miel para la boca del asno». Estas palabras, dichas como quien no quiere la cosa, tuvieron un efecto sorprendente sobre MacConnor. Inmediatamente se mostró muy excitado y se olvidó de la partida que jugábamos. La vanidad hinchaba sus sienes. Afirmó que hasta entonces no tenía ni idea de que Czentovic estuviera a bordo y que tenía que jugar una partida con él sí o sí, que nunca antes había jugado con un campeón de esa talla, excepto otra vez, junto con otras cuarenta personas, en una partida simultánea que había resultado apasionante y en la que, además, casi había ganado. Me preguntó si yo conocía al ilustre personaje. Cuando le dije que no, propuso que yo le abordara y le pidiera que nos acompañara. A lo que me negué, alegando que a Czentovic, por lo que yo sabía, no le gustaba hacer nuevas relaciones y que, por otro lado ¿qué interés podía tener una partida entre el campeón del mundo y unos jugadores de andar por casa como nosotros?

Admito que podría haber evitado la expresión «jugadores de andar por casa» ante una persona tan vanidosa como MacConnor. Se echó hacia atrás y afirmó secamente que, en su opinión, Czentovic no podría ser capaz de declinar la invitación cortés de un caballero y que se iba a ocupar él del asunto. En cuanto le describí, a petición suya, concisamente el aspecto del campeón, se fue impetuosamente en su busca por la cubierta, abandonando nuestra partida con absoluta naturalidad. Nuevamente me di cuenta de que no había manera de contener al propietario de aquella impresionante espalda cuando se le metía algo en la cabeza.

Esperé con cierta ansiedad. Al cabo de diez minutos volvió MacConnor y no me pareció que estuviera mucho más tranquilo.

—¿Y bien? —le pregunté.

—Tenía usted razón —me dijo con un tono algo ofendido—. Este señor no es muy afable. Me he presentado y resumido mis credenciales.

Ni siquiera me ha tendido la mano. Entonces me he esforzado en expresarle lo mucho que nos gustaría a todos los pasajeros que tuviera a bien aceptar jugar una partida simultánea contra nosotros. Él permaneció tieso como una estaca y me respondió que lo sentía mucho, pero que se había comprometido contractualmente con su agente a no jugar ni una partida durante su gira sin cobrar honorarios. Por lo que se veía obligado a solicitar un mínimo de doscientos cincuenta dólares por partida.

Yo empecé a reírme.

—Nunca habría pensado que mover peones de un cuadro negro a otro blanco fuera un oficio tan lucrativo. Espero que se haya despedido de él educadamente.

Pero MacConnor permaneció de lo más serio.

—La partida tendrá lugar mañana por la tarde, a las tres, en la sala de fumadores. Espero que no nos dejemos machacar tan fácilmente.

—¿Cómo dice? ¿Ha aceptado sus condiciones? —grité, consternado.

—¿Por qué no habría de hacerlo? Es su oficio. Si me doliera una muela y hubiera un dentista a bordo, no le pediría que me la sacara gratis. Czentovic tiene todo el derecho de cobrarlo caro: en todos los ámbitos, las personas que son realmente buenas venden caro el ejercicio de su habilidad. Y yo, por mi parte, considero que cuanto más claro está un negocio, más valor tiene. Prefiero pagar en metálico antes que deberle un favor al señor Czentovic y al final verme obligado a darle las gracias. A fin de cuentas, en mi club ya he perdido más de doscientos cincuenta dólares en una noche, y eso sin tener el placer de jugar contra el campeón del mundo. Para un «jugador de andar por casa» no hay ninguna vergüenza en ser derrotado por un Czentovic.

Me hizo gracia comprobar hasta qué punto aquella inocente expresión de «jugador de andar por casa» había herido el amor propio de MacConnor. Pero a la vista de que estaba decidido a disfrutar de su oneroso placer, yo no tenía nada que objetar a su ridícula vanidad, ya que ésta me iba a permitir por fin observar de cerca al singular personaje que excitaba mi curiosidad. Nos apresuramos a informar del evento a los cuatro o cinco jugadores de ajedrez que conocíamos a bordo y, con el fin de que nos molestara lo menos posible la multitud de curiosos, reservamos todas las mesas vecinas durante el tiempo previsto para la partida.

Al día siguiente, a la hora convenida, nuestro pequeño grupo estaba al completo. Lógicamente, MacConnor ocupaba el asiento que estaba enfrente del maestro. Nervioso, el escocés encendía un cigarrillo tras otro y miraba constantemente su reloj con inquietud. Pero nuestro ínclito adversario se hizo esperar diez largos minutos, lo que apenas me sorprendió, por lo que me había contado mi amigo, y finalmente hizo acto de presencia con un aplomo insolente. Se dirigió a la mesa con un andar tranquilo y medido. Sin presentarse —«Ya saben quién soy, y a mí no me interesa saber quiénes son ustedes», parecía ser el mensaje que transmitía su descortés comportamiento— se puso a colocar las piezas con una pulcritud muy profesional. Dado que no cabía la posibilidad de una partida simultánea, porque no había suficientes jugadores, propuso que jugáramos todos juntos contra él. Tras realizar su movimiento, él se iría al otro extremo de la sala, para no perturbar nuestras deliberaciones. En cuanto hubiéramos hecho nuestro movimiento, golpearíamos un vaso con una cuchara para avisarle, pues carecíamos de timbre. Si nos parecía bien, podíamos fijar en diez minutos el tiempo de intervalo entre movimientos. Obviamente nosotros aceptamos todas sus sugerencias como escolares intimidados. A Czentovic le tocaron en suerte las negras. Respondió a nuestra apertura haciendo su primer movimiento sin llegar a sentarse y se retiró inmediatamente al fondo de la estancia, al lugar que había elegido para esperar, donde se dedicó a hojear distraídamente una revista.

La crónica pormenorizada de esta partida no tiene mucho interés. Terminó obviamente como tenía que terminar: en veinticuatro movimientos ya estábamos completamente derrotados ¡Menuda sorpresa que un campeón del mundo se imponga claramente en un duelo con media docena de jugadores de nivel medio, o casi medio! Lo único que nos resultó desagradable fue la petulancia con la que Czentovic nos hacía patente de manera demasiado evidente su superioridad. En cada movimiento, nada más echaba una mirada aparentemente distraída al tablero, a nosotros nos contemplaba sin interés y de pasada, como si nosotros mismos fuéramos también una piezas de madera inertes, y esta actitud impertinente recordaba inevitablemente el gesto con el que se le tira un hueso a un perro sarnoso dándole la espalda. Si tuviera un poco de delicadeza, pensaba yo, podría señalarnos los errores que habíamos cometido, o animarnos en tono amistoso. Pero no, terminada la partida, esta máquina de jugar al ajedrez dijo «¡Jaque mate!», sin más, y luego se quedó allí, inmóvil y en silencio, esperando saber si deseábamos jugar otra partida. Uno se queda totalmente desarmado ante una epidermis así de gruesa, y yo ya me había levantado, dando a entender que, al menos para mí, ya bastaba de aquel entretenimiento, cuando, con gran disgusto, oí a MacConnor decir a mi lado y con una voz ronca «¡Revancha!».

Yo me quedé algo horrorizado por su tono provocador, pues, en ese momento, MacConnor realmente recordaba más a un boxeador que va a descargar un golpe que a un caballero bien educado ¿Se debía esto a la mala manera en que nos había tratado Czentovic, o sencillamente a su ambición enfermiza e iracunda? Sea como fuere, MacConnor parecía haber mutado en otra persona. Se había puesto rojo hasta el cuero cabelludo, con las fosas nasales dilatadas, transpiraba profusamente y se mordía los labios. Un pliegue profundo se extendía entre su boca y su mentón adelantado en un rictus agresivo. En sus ojos, reconocí con inquietud esa llama de pasión desenfrenada que no se suele ver más que en los jugadores de ruleta cuando, por sexta o séptima vez, han apostado doble a un color que no termina de salir. En aquel momento tuve claro que aquel amor propio desatado le iba a costar toda su fortuna, que iba a jugar y a volver a jugar contra Czentovic, incluso doblando la apuesta, hasta haber conseguido ganar al menos una vez. De manera que, si el campeón perseveraba, MacConnor sería para él una mina de oro de la que extraería varios miles de dólares antes de llegar a Buenos Aires.

Czentovic permaneció impasible.

La segunda partida empezó igual que la primera con la única diferencia de que nuestro círculo se había ampliado y animado con la incorporación de algunos curiosos. MacConnor miraba fijamente el tablero como si tratara de imantar las piezas con su mirada para llevarlas a la victoria. A mí me parecía que él de buena gana habría dado mil dólares a cambio de poder gritar «¡Jaque mate!» a su zafio adversario. Curiosamente, se nos contagió algo de su tenacidad implacable. Discutíamos cada movimiento con mayor pasión que el anterior y, hasta el último momento, no nos poníamos de acuerdo para avisar a Czentovic de que volviera a la mesa. Así llegamos al decimoséptimo movimiento y, para nuestro propio desconcierto, la situación parecía favorecernos, pues, increíblemente, habíamos logrado llevar el peón de la línea c hasta la penúltima casilla c2, por lo que sólo teníamos que hacerlo avanzar hasta c1 para conseguir una nueva dama. Bien es cierto que nosotros no nos sentíamos del todo seguros ante una oportunidad tan manifiesta. Ante esta ventaja que nosotros parecíamos haber logrado, sospechábamos unánimemente que Czentovic, que obviamente podía visualizar muchas más jugadas que nosotros, nos podría haber puesto ese cebo para emboscarnos. Pero por más que discurrimos y discutimos, no éramos capaces a descubrir el engaño. Finalmente, viendo que el intervalo de reflexión reglamentario expiraba, nos decidimos a arriesgarnos con aquel movimiento. Cuando MacConnor ya estaba empujando el peón, una persona agarró su brazo bruscamente y le susurró con vehemencia:

—¡Por Dios, no se le ocurra hacer eso!

Todos nos giramos automáticamente. Vimos a un hombre de unos cuarenta y cinco años, de cara fina y huesuda, que yo ya había visto en cubierta, y que me había llamado la atención por su extraña palidez, casi calcárea. Debía de haberse acercado a nosotros en esos últimos minutos, mientras estábamos completamente absortos intentando resolver el problema. Al ver cómo nuestras miradas se dirigieron hacia él, añadió inmediatamente:

—Si ahora ustedes sacan la dama, él les atacará inmediatamente con el alfil en c1, y ustedes contraatacarán con el caballo. Pero, entre tanto, el amenazará su torre en d7 con su peón libre, y aunque hagan jaque con el caballo, estarán perdidos y vencidos en nueve o diez movimientos. Éstas son casi exactamente las posiciones que tenían Alekhine y Bogoliúbov en el gran torneo de Pistiana en 1922.

MacConnor, sorprendido, soltó la pieza que tenía en la mano y contempló, maravillado, al igual que todos nosotros, a aquel hombre que parecía caído del cielo, como un ángel salvador. Si era capaz de previsualizar nueve movimientos que acabarían en jaque mate, debía de tratarse de un profesional de alto nivel, quizás incluso un campeón rival de Czentovic, que se dirigía al mismo torneo. Su aparición y su súbita intervención en un momento tan crítico parecían verdaderamente un milagro. Fue MacConnor el que primero se recompuso:

—¿Usted qué me aconseja hacer? —murmuró, muy excitado.

—No avance el peón ahora ¡Evite al adversario! Antes de nada, aleje al rey de la peligrosa línea g8-h7. Probablemente su rival ataque por el otro flanco, pero usted podrá contenerlo con su torre, c8-c4: en eso él perderá dos movimientos, además de un peón y su superioridad. Entonces usted luchará peón libre contra peón libre y, si se sabe defender, conseguirá tablas, que es lo máximo que puede sacar de esta situación.

Estábamos cada vez más sorprendidos. Tanto la precisión como la rapidez de sus cálculos eran desconcertantes. Era como si aquel hombre leyera sus jugadas en un libro. La oportunidad inesperada que teníamos ahora, gracias a él, de hacer tablas con un campeón mundial tenía algo de mágico. De común acuerdo nos hicimos a un lado para dejarle ver mejor el tablero. MacConnor le volvió a preguntar.

—¿Mover el rey de g8 a h7?

—¡Desde luego! Hay que evitar al adversario.

MacConnor obedeció y golpeamos el vaso. Czentovic se dirigió hacia nuestra mesa con paso tranquilo, y contempló nuestra jugada de un vistazo. Entonces llevó un peón de h2 a h4 por el otro flanco del rey, como había pronosticado nuestro salvador desconocido, que inmediatamente nos susurró excitado:

—La torre, adelántela de c8 a c4, para obligarle a proteger su peón en primer lugar ¡Cosa que, por otro lado, no le servirá de nada! Entonces usted debe atacar con el caballo, c3-d5, sin preocuparse de su peón libre, y así habrá restablecido el equilibrio. Y entonces con todo al ataque ¡Ya no se tiene que defender!

No entendíamos lo que quería decir, para nosotros hablaba en chino. Mientras, MacConnor, a estas alturas completamente subyugado, hacía lo que se le ordenaba sin pararse a valorarlo. Volvimos a golpear el vaso para llamar a Czentovic que, por primera vez, no hizo su movimiento de manera inmediata, sino que primero contempló el tablero con una atención sostenida. Después hizo exactamente el movimiento que había predicho el extraño y se fue.

En ese momento, antes de girarse, paso algo novedoso e inesperado: Czentovic alzó la mirada para examinarnos. Era claro que intentaba descubrir quién era el que había opuesto de repente una resistencia tan enérgica.

A partir de ese momento, nuestra excitación se desató completamente. Si hasta entonces no habíamos tenido esperanza, la idea de quebrar la fría arrogancia de Czentovic nos hacía hervir la sangre. Nuestro nuevo amigo ya había decidido la siguiente jugada. Mis dedos temblaban cuando cogí la cuchará para repiquetear sobre el vaso. Entonces experimentamos nuestro primer triunfo.

El campeón, que hasta entonces había jugado de pie, dudó... vaciló, y acabó sentándose. Se dejó caer en su asiento contrariado y pensativo. Esto significaba que había dejado de marcar físicamente su superioridad sobre nosotros. Lo habíamos forzado a colocarse al mismo nivel que nosotros, al menos en términos espaciales. Reflexionó largamente, inclinado sobre el tablero, hasta el punto de que apenas veíamos sus ojos, bajo sus párpados sombríos, y debido al esfuerzo intelectual entreabría involuntariamente la boca, lo que aportaba a su figura oronda una expresión como de lelo. Al cabo de unos minutos, hizo su jugada y se levantó. Inmediatamente, nuestro amigo murmuró:

—¡Bien jugado! No se arriesga ¡Pero ustedes no entren al trapo! Fuércenlo a intercambiar piezas, es necesario, para lograr las tablas, y de esa manera estará irremediablemente sentenciado.

MacConnor obedeció. En las siguientes jugadas, los dos adversarios desplegaron sobre el tablero un toma y daca del que nosotros —reducidos desde hacía bastante tiempo al rol de comparsas inútiles— no entendíamos nada en absoluto. Al cabo de seis o siete movimientos, Czentovic permaneció un buen rato ensimismado y, después, dijo:

—Tablas.

Hubo un momento de absoluto silencio en el que, en la sala de fumadores, de repente oíamos el ruido de las olas, el *jazz* que sonaba en la radio del salón, resonaban nítidamente los pasos sobre cubierta y hasta percibimos el tenue silbido del viento que se colaba por las juntas de las ventanas. Con el aliento cortado por la rapidez de lo que había acontecido, estábamos realmente impresionados por la inverosimilitud de aquel episodio. ¿Cómo aquel desconocido había podido levantar una partida ya medio perdida contra un campeón del mundo? MacConnor se echó bruscamente hacia atrás y soltó un «¡Ah!» de pura alegría. Por mi parte, yo observaba a Czentovic. Me había parecido que había empezado a palidecer ya durante las últimas jugadas. Pero sabía mantener la compostura. Siempre rígido e indiferente, preguntó con un tono neutro, mientras retiraba las piezas del tablero:

—¿Desean ustedes jugar una tercera partida?

Hizo la pregunta de una manera puramente objetiva, como un hombre de negocios. Pero al pronunciar estas palabras, no se dirigía a MacConnor, sino que lanzó una mirada penetrante y directa a nuestro salvador. De la misma manera que un caballo sabe distinguir e identificar a un mejor jinete sobre su silla, Czentovic debía de haber reconocido a su verdadero adversario en las últimas jugadas de la partida. Nosotros habíamos seguido involuntariamente su mirada y, algo tensos, volvimos nuestros ojos hacia el desconocido. Entonces, sin dejarle tiempo de reflexionar o simplemente de responder, MacConnor le gritó, henchido de orgullo ganador:

—¡Por supuesto! ¡Pero jugará sólo contra él! ¡Usted solo contra Czentovic!

Entonces sucedió algo sorprendente. El extraño, que se había quedado curiosamente absorto mirando el tablero ya despejado, se sobresaltó al sentir todas las miradas sobre él, y oyéndose interpelar con tal entusiasmo. Pareció contrariado.

—De ninguna manera, caballeros —balbuceó visiblemente confundido—. Es de todo punto imposible... no lo tengo ni que pensar... hará veinte o veinticinco años que no veía un tablero de ajedrez... he intervenido en su partida sin su permiso, y sólo ahora me doy cuenta de lo atrevido que he sido... por favor, disculpen mi descaro... que no se repitirá, se lo aseguro.

Y antes de que nos hubiéramos repuesto de la sorpresa, ya había salido de la sala.

—¡Esto no va a quedar así! —tronó el fervoroso MacConnor dando un puñetazo a la mesa—. ¿Veinticinco años que no juega al ajedrez este hombre? ¡Eso es imposible! Pero si decidía cada jugada, cada reacción al menos con cinco o seis movimientos de antelación. Eso no lo puede hacer nadie así como si nada. No me digan que no es absolutamente imposible.

Se había girado sin querer hacia Czentovic al decir estas últimas palabras. Pero el campeón del mundo permaneció impasible.

—No puedo juzgar. Está claro que este señor ha jugado de manera algo sorprendente y no poco interesante, por eso le he dejado intencionalmente una oportunidad.

Según hablaba se levantó y añadió distraídamente, en tono neutro:

—Si alguno de ustedes desea jugar otra partida mañana, estaré a su disposición desde las tres de la tarde.

No pudimos reprimir una ligera sonrisa. Todos sabíamos que Czentovic no había sido generoso con nuestro salvador desconocido, y que ese comentario no era más que un subterfugio pueril para intentar disimular su desacierto. Nuestro deseo de quebrar un orgullo así de incorregible creció aún más. Siendo como éramos hasta aquel momento unos pasajeros pasivos e indolentes, nos vimos súbitamente poseídos por un ánimo feroz y combativo ante el pensamiento de que en ese barco, en pleno océano, Czentovic podría morder el polvo. ¡Esa noticia daría la vuelta al mundo! A esto había que añadir la atracción por el misterio con que había aparecido nuestro héroe, justo en el momento crítico, y el contraste de su modestia casi excesiva con la imperturbable arrogancia del profesional.

¿Quién era aquel desconocido? ¿El azar nos había hecho descubrir un nuevo genio del ajedrez? ¿O bien se trataba de un maestro ya célebre, que nos ocultaba su nombre por un motivo indescifrable? Discutíamos estas cuestiones con la mayor animación, y aun las hipótesis más descabelladas no eran capaces de conciliar la timidez del desconocido y su sorprendente confesión con su evidente dominio del ajedrez. En una cosa, no obstante, estábamos todos de acuerdo: no queríamos renunciar al espectáculo de un nuevo enfrentamiento bajo ningún concepto. Acordamos intentar como fuera convencer al desconocido para que jugara al día siguiente la partida contra Czentovic, y MacConnor se comprometió a correr con el riesgo financiero correspondiente. Entretanto, averiguamos por un camarero que el desconocido era austriaco, y se me encargó a mí, por ser compatriota suyo, plantearle nuestra petición.

No tardé en dar con él en cubierta, donde se había apresurado a refugiarse. Leía echado sobre una tumbona. Antes de abordarlo, lo observé detenidamente. Tenía su cabeza huesuda apoyada sobre los cojines en una postura como fatigada, y la impresionante palidez de su rostro relativamente joven me volvió a llamar la atención. Sus cabellos eran blancos y me dio la impresión, no sé por qué, de que este hombre había envejecido prematuramente. Se levantó cortésmente al acercarme y se presentó. Su nombre, que me resultó familiar, era el de una familia austriaca de rancio abolengo. Recordé que un gran amigo de Schubert tenía ese mismo apellido, así como uno de los médicos del antiguo emperador. Cuando le trasladé al doctor B. nuestro deseo de que aceptara el desafío de Czentovic, pareció muy desconcertado. Descubrí que no había tenido la menor idea de que jugaba contra el campeón más célebre de nuestro tiempo. Este hecho pareció impresionarlo mucho, pues me preguntó varias veces y de manera insistente si estaba seguro de lo que afirmaba, y si su adversario realmente era un gran maestro tan conocido. Esto facilitó mi cometido, como enseguida comprobé. Mientras tanto, yo percibía en él tanta delicadeza que juzgué oportuno no mencionar los riesgos materiales que habría de cubrir MacConnor, en caso de derrota. Tras un largo momento de vacilación, el doctor B. aceptó disputar una partida, pero no sin haberme pedido expresamente que advirtiera de nuevo a mis camaradas que no debían poner grandes esperanzas en su talento.

Y con una sonrisa pensativa añadió:

—Porque ignoro, realmente, si soy capaz o no de jugar una partida de ajedrez según todas sus reglas. Créame que no fue falsa modestia cuando afirmé que llevo sin tocar un tablero de ajedrez desde que estaba en el instituto, es decir, desde hace más de veinte años. Y, aun así, no era más que un jugador del montón.

Dijo esto con tal naturalidad que no me cupo la menor duda de que decía la verdad. Aun así, no pude evitar expresar mi asombro por que pudiera recordar con tal precisión los planteamientos tácticos de los grandes maestros que había citado. Debía de haber estudiado con un gran interés el ajedrez, al menos a nivel teórico. Al oír estas palabras el doctor B. de nuevo esbozó su extraña sonrisa pensativa.

—¡Que si lo he estudiado! Sólo Dios sabe hasta qué punto es cierto lo que usted acaba de decir. Pero aquello tuvo lugar en circunstancias extremadamente especiales, si no únicas. Es una historia bastante complicada, y que podría perfectamente considerarse una humilde aportación a la dulce y maravillosa época que estamos viviendo. Si tiene usted la paciencia de escucharme media hora...

Con un gesto me invitó a sentarme en la tumbona que había al lado de la suya y yo acepté de mil amores. Estábamos solos. El señor B. se quitó las gafas, las posó y comenzó:

—Usted ha tenido a bien decirme que es usted vienés y que recuerda a mi familia. Sin embargo, supongo que ni siquiera habrá oído hablar del despacho de abogados que yo dirigía, con mi padre primero, y después en solitario. Porque no llevábamos casos sonados, de ésos que salen en los periódicos, y no buscábamos aumentar nuestra clientela. En realidad, ya no litigábamos en el sentido estricto del término. Nos limitábamos a dar asesoría legal y a administrar los bienes de los grandes conventos con los que mi padre, que había sido diputado del partido clerical, tenía una relación muy estrecha. Por otro lado —se lo puedo decir sin pecar de indiscreto, ya que hoy en día la monarquía ya es historia— algunos miembros de la familia imperial nos habían confiado la gestión de su fortuna. Estas conexiones con la corte y el clero databan ya de dos generaciones atrás (uno de mis tíos era médico del emperador y otro abad de Seitenstetten) lo único que teníamos que hacer era mantenerlas. Esto constituía una actividad tranquila, y yo diría que discreta, dada la confianza que se depositaba en nosotros de manera heredada y que no requería por nuestra parte, para seguir mereciéndola, más que de una extremada reserva y una honestidad comprobada, dos cualidades que poseía mi padre en el más alto grado. Él logró, efectivamente, conservar para sus clientes una parte considerable de su fortuna, a pesar de la inflación y de la «revolución». Cuando después llegó Hitler al poder en Alemania y se puso a expoliar las iglesias y los conventos, se hicieron a través de nosotros diversas transacciones y negocios con el otro lado de la frontera, a fin de evitar al menos la incautación del patrimonio inmobiliario de nuestros clientes. Y en ese momento nosotros, mi padre y yo, sabíamos más sobre ciertas negociaciones políticas secretas de Roma y de la familia imperial de lo que nunca sabrá el público en general. Pero precisamente el carácter discreto de nuestro despacho —no teníamos ni una placa en la puerta— y la prudencia con la que ambos evitábamos ostensiblemente los círculos monárquicos, parecían protegernos aún más de potenciales investigaciones inoportunas. El hecho es que ninguna autoridad austriaca llegó nunca a sospechar que, durante todos aquellos años, documentos importantísimos, así como el correo secreto de la casa imperial pasaban casi indefectiblemente por el insignificante estudio que teníamos en una cuarta planta.

«Resulta que los nazis, mucho antes de haber formado sus ejércitos y haberlos lanzado contra el mundo, habían organizado en todos los países vecinos otra legión, igual de peligrosa y bien entrenada, formada por los desposeídos, los amargados y los descontentos. Éstos habían empezado por establecer sus «células», así las llamaban, en cada oficina y en cada empresa, y tenían sus puestos de espionaje y sus espías hasta en las casas de Dollfusset y de Schuschnigg. Descubrí, por desgracia, demasiado tarde que tenían también un topo en nuestra pequeña oficina. Se trataba, en realidad, de un oficinista lamentable, muy poco competente, que habíamos contratado por recomendación de un sacerdote, y simplemente por dar a nuestro despacho la apariencia de un negocio normal. No le confiábamos más que tareas intrascendentes, responder al teléfono y ordenar documentos, si bien sólo los que no eran ni importantes ni comprometedores. En ningún caso debía abrir el correo, yo escribía a máquina personalmente todas las cartas importantes, y no dejaba copia en la oficina, me llevaba a casa los documentos de valor, y celebraba mis reuniones secretas exclusivamente en el priorato del convento o en el estudio de mi tío. Gracias a estas precauciones, aquel chivato no tenía nada interesante que espiar en nuestro despacho. Hizo falta una desgraciada casualidad para que aquel ambicioso individuo se diera cuenta de que no nos fiábamos de él y de que todos los asuntos serios se despachaban a sus espaldas. Quizás, en mi ausencia un mensajero imprudente habló de «Su Majestad» en lugar de llamarlo «barón Bern», como habíamos convenido, o quizás el muy canalla había abierto las cartas, en contra de lo que se le había ordenado. Sea como fuere, desde Múnich o Berlín se le ordenó que nos vigilara, antes de que yo tuviera la mínima sospecha. No fue hasta mucho más tarde y bastante después de haber sido detenido cuando recordé el súbito celo que había mostrado en su trabajo en nuestro despacho durante los últimos tiempos, en oposición a su dejadez al principio, y la insistencia con la que se había ofrecido, en diversas ocasiones, a echar mi correspondencia al correo. Admito que no fui del todo precavido, pero ¿cuántos diplomáticos y funcionarios no habrán sido engañados por la perfidia de las camarillas hitlerianas? No tardaría en tener una prueba tangible de la atención que me dedicaba desde hacía tiempo la Gestapo: la misma noche en que Schuschnigg anunció su dimisión, el día antes de que Hitler entrara en Viena, fui detenido por miembros de las SS. Afortunadamente había podido quemar los documentos más importantes, directamente tras oír el discurso de despedida de Schuschnigg y, en el último momento, antes de que aquellos sicarios derribaran mi puerta, había enviado a mi tío en una cesta de la colada que llevaba una vieja y leal ama de llaves, todos los documentos necesarios para reconocer todos los títulos que poseían en el extranjero los monasterios y dos archiduques.

El doctor B. interrumpió su relato para encender un cigarrillo. A la luz de la llama me fijé en un tic nervioso, que ya me había llamado la atención anteriormente, fruncía la comisura izquierda de su boca y repetía el gesto al cabo de unos minutos. Era un movimiento extremadamente sutil, apenas perceptible, pero que confería a su rostro una expresión de extraña inquietud.

Ahora usted probablemente piense que le voy a hablar de uno de esos campos de concentración a donde fueron llevados muchos austriacos que permanecieron leales a nuestra vieja patria, y que le cuente todas las humillaciones y torturas que allí padecí. Pero a mí no me sucedió nada de eso, porque a mí me metieron en otra categoría. No me pusieron con aquellos pobres desgraciados en los que se vengó un largo tiempo de resentimiento mediante las humillaciones físicas y psicológicas, sino en ese otro grupo mucho menos numeroso, del que los nazis pretendían sacar dinero o informaciones importantes. Mi modesta persona obviamente no tenía en sí misma ningún interés para la Gestapo. Pero se ve que se habían enterado de que nosotros éramos los hombres de paja, los administradores y los hombres de confianza de sus principales adversarios, y lo que querían obtener de mí era información, es decir, documentos que habrían de servir como pruebas demoledoras de transferencias de fondos realizadas por los monasterios, así como escritos que comprometían a la familia imperial y a todos los austriacos leales y afectos a la monarquía. Sospechaban, y en efecto, no les faltaba razón, que las fortunas que habían pasado por nuestras manos debían de haber dejado cantidades considerables en algún lugar inaccesible para su codicia. Además, me arrestaron desde el primer día, para intentar arrancarme secretos mediante medios que sabían que daban excelentes resultados. Las personas de esta categoría de las que se quiere obtener información o dinero no eran enviadas a campos de concentración, se les reservaba un destino especial. Quizás recuerde usted que ni nuestro canciller, ni el barón Rothschild, de cuyas familias esperaban recibir millones, fueron encerrados tras vallas de alambre de espino, sino que se les concedió el aparente favor de alojarlos en un hotel, en el que cada uno tenía su propia habitación. Se trataba del hotel Metropole, el mismo en el que la Gestapo había instalado su cuartel general. Pues una persona tan desconocida como yo recibió el mismo honor.

Una habitación particular en un hotel —no se puede soñar un trato más humano ¿no cree?—. Y sin embargo, créame, que si nos alojaban como «personalidades importantes» en habitaciones particulares bien caldeadas, en lugar de meternos en barracones helados con otras veinte personas, era para aplicarnos un método más refinado, pero no más humano, dado que la presión que nos querían aplicar para arrancarnos la información que buscaban era de un tipo más sutil que la de los palazos y las torturas físicas. Consistía en el aislamiento más refinado que se pueda imaginar. No nos hacían nada, nos dejaban solos frente a la nada, pues es bien sabido que no hay cosa en el mundo que oprima más el alma humana. Al crear alrededor de cada uno de nosotros un vacío absoluto, al confinarnos en una habitación cerrada herméticamente al mundo exterior, ejercían un modo de presión destinado a soltarnos la lengua desde dentro, con más eficacia que los golpes y el frío. A primera vista, la habitación que me asignaron parecía confortable. Tenía una puerta, una cama, un aguamanil y una ventana con barrotes. Pero la puerta permanecía cerrada día y noche, no se me permitía tener libros, ni periódico, ni papel y lápiz. Y la ventana daba a una pared interior, a mi alrededor se extendía la nada, me encontraba sumido en ella. Me habían quitado el reloj, para que no pudiera tener noción del tiempo, mi lápiz para que no pudiera escribir, y mi navaja, para que no pudiera abrirme las venas. Incluso se me negaba el pequeño vicio de un cigarrillo. Nunca veía una figura humana, salvo la del guardia, que tenía órdenes de no dirigirme la palabra y de no responder preguntas. Nunca oía una voz humana. Día y noche, la vista, el oído, ninguno de los sentidos recibía el mínimo estímulo, uno permanecía solo, desesperadamente solo consigo mismo, con su cuerpo y cuatro o cinco objetos mudos: la mesa, la cama, la ventana y el retrete. Vivía como un buzo bajo la campana de vidrio, en un océano negro de silencio, pero un buzo que ya barrunta que la cuerda que lo conecta con el mundo está rota y que ya nunca servirá para sacarlo de esos abismos silenciosos. No tenía nada que hacer, nada que oír, nada que ver, a mi alrededor reinaba una nada vertiginosa, un vacío sin dimensiones ni espaciales, ni temporales. Deambulaba por la habitación, con cavilaciones que iban y venían en mi cabeza sin dar tregua, repitiendo el mismo movimiento. No obstante, por muy desprovistos de materia que puedan parecer, los pensamientos también necesitan un punto de apoyo, sin el cual se ponen a girar sobre sí mismos en un círculo demente, pues no soportan la nada, ellos tampoco. Esperaba cualquier cosa desde la mañana hasta la noche, pero nada sucedía. Esperaba, volvía a esperar, y no pasaba nada. Al esperar, esperar y esperar los pensamientos giraban y giraban en mi cabeza hasta que me dolían las sienes. Nunca pasaba nada. Permanecía solo, solo, solo.

Esto duró catorce días, durante los cuales yo viví fuera del tiempo, fuera del mundo. Si hubiera explotado la guerra yo no me habría enterado. El mundo ya no era para mí más que una mesa, una puerta, una cama, una silla, un retrete, una ventana y cuatro paredes cuyo papel yo miraba. Cada línea de su grácil diseño está grabada a cincel en los pliegues de mi cerebro, de tanto que lo miré. Por fin comenzaron los interrogatorios. Me llamaban sin previo aviso, cuando no sabía si era de día o de noche. Me llevaban por pasillos sin saber a dónde iba. Luego esperaba en algún sitio, sin saber dónde estaba, después me encontraba de repente ante una mesa en torno a la cual estaban sentadas varias personas uniformadas. Sobre la mesa había un legajo de papeles, una carpeta que no sabía lo que contenía y, enseguida empezaban las preguntas, las francas y las traicioneras, las que esconden otras, las que pretenden cazarte. Mientras respondía, unas manos extrañas y hostiles hojeaban entre los papeles cuyo contenido yo ignoraba, unos dedos extraños y hostiles garabateaban sobre un informe sin que yo supiera lo que escribían. Pero lo que me resultaba más temible de estos interrogatorios, era no poder nunca averiguar lo que la Gestapo, gracias a su espionaje, sabía realmente del desarrollo de mis actividades, y la información que pretendían obtener de mí. Como le he dicho, le había enviado a mi tío, en el último momento y por mediación de mi ama de llaves, los documentos más comprometedores. Pero no sabía si los había recibido o no, y hasta dónde había llegado la traición de mi empleado, qué habrían podido constatar en mis cartas, y qué información podrían haberle sacado ya a un pobre sacerdote hábilmente interrogado en uno de los monasterios que representábamos. Me preguntaban una y otra vez qué valores había comprado para tal monasterio, con qué bancos había mantenido correspondencia, si conocía al señor fulano de tal y si recibía cartas de Suiza y de Steenockerzeel. Y, como yo no podía hacerme una idea de lo que ya sabían, cada una de mis respuestas implicaba una responsabilidad abrumadora. Si yo reconocía algo que aún no supieran, quizás estaba enviando a alguien a la muerte y, si callaba demasiado, lo que estaba en riesgo era mi propia vida.

Y el caso es que el interrogatorio no era lo peor. Lo peor era el regreso a la nada, justo después, a la misma habitación, a la misma mesa, la misma cama, el mismo aguamanil y el mismo papel de pared. Pues en cuanto me quedaba a solas con mis pensamientos, me ponía a repasar el interrogatorio, a pensar qué habría sido mejor responder, qué debería decir en la siguiente ocasión para alejar la sospecha que quizás había generado con un comentario mal medido. Examinaba, auditaba, sondeaba, controlaba cada una de mis respuestas, repasaba cada pregunta que me habían hecho, cada respuesta que había dado, intentaba dilucidar lo que podrían haber anotado en su informe, siendo plenamente consciente que yo nunca llegaría a verlo. Pero una vez que se ponían en marcha estas cavilaciones en aquel espacio vacío, giraban y giraban en mi mente, combinándose unas con otras de mil maneras nuevas que me perseguían hasta que me quedaba dormido. De esta manera, una vez acabado el interrogatorio de la Gestapo, mi propia mente prolongaba inexorablemente su tormento con la misma, o incluso con mayor crueldad que los investigadores, que suspendían la audiencia al cabo de una hora, mientras que, en mi habitación, aquella horrible soledad hacía mi tortura interminable. A mi alrededor, seguía sin haber otra cosa que la mesa, el aguamanil, la cama, el papel de la pared y la ventana. No había ninguna distracción, ni libros, ni diarios, ni otra cara que no fuera la mía, ni un lápiz con el que escribir, ni una cerilla con la que jugar, nada de nada de nada. Ciertamente, hace falta tener un talento perverso, de asesino de almas para inventar este sistema de la habitación de hotel. En un campo de concentración habría tenido que acarrear piedras hasta que mis manos sangraran y se me congelaran los pies, habría estado hacinado con otras veinticinco personas entre el frío y el hedor. Pero por lo menos, estaría viendo rostros, podría ver un campo, una carretilla, un árbol, una estrella, cualquier cosa que al fin y al cabo va cambiando, en lugar de esta habitación inmutable, tan horriblemente parecida a sí misma, siempre indefectiblemente lo mismo. Allí no había nada que me pudiera distraer de mis elucubraciones, de mis enajenaciones, de aquel recapitular de manera enfermiza. Y eso era precisamente lo que pretendían, hacerme repasar mis pensamientos hasta que me asfixiaran y no pudiera hacer otra cosa que escupirlos, por así decir, confesar, confesar todo lo que ellos quisieran, entregando así a mis amigos y la información que buscaban. Notaba cómo mis nervios, poco a poco, empezaban a ceder ante esta presión atroz de la nada, y me esforzaba hasta el límite de mi capacidad para encontrar, o para inventar un entretenimiento. Con el fin de distraerme, recitaba o reconstruía lo mejor que podía todo lo que había aprendido de memoria en algún momento, canciones populares e infantiles, pasajes de Homero aprendidos en el instituto, o sumas y divisiones de diversos números. Pero en aquel vacío, mi memoria no retenía nada, no me podía concentrar en nada. El mismo pensamiento se colaba por todas partes. ¿Qué saben? ¿Qué dije ayer, qué tengo que decir la próxima vez?

Pasé cuatro meses en estas condiciones indescriptibles. Cuatro meses, que se escribe rápido y se dice rápido. Basta medio segundo para articular esas cuatro sílabas: cuatro meses. Un puñado de letras bastan para escribirlo. Pero ¿cómo puedo describir, expresar, que para mí fue este período representó toda una vida que se desarrolla al margen del espacio y del tiempo? Nadie puede entender cómo te va minando y destruyendo este vacío innegociable, de qué manera te va moliendo la visión de esa cama, ese aguamanil eterno y ese papel de pared, ese silencio al que te ves reducido, la actitud del guardia, siempre inmutable, al posar la comida ante su prisionero sin mirarlo. Siempre los mismos pensamientos giran en el vacío alrededor de un hombre solitario hasta que se vuelve loco. Por sutiles signos inquietantes advertí que mi cerebro empezaba a quebrarse. Al principio, tenía la mente clara durante los interrogatorios, y daba respuestas calmadas y bien pensadas. Distinguía perfectamente en mi cabeza lo que había que decir y lo que había que evitar decir. Ahora ya no podía articular una oración sencilla sin balbucear, porque según la pronunciaba, fijaba mi mirada, hipnotizado, en la pluma del secretario que se deslizaba sobre el papel, como si quisiera echar a correr tras mis propias palabras. Notaba que mis fuerzas iban flaqueando y que se acercaba el momento en el que, con la esperanza de salvarme, diría todo lo que sabía y quizás incluso algo más, el momento en el que para escapar de la presa mortal de aquella nada, traicionaría a doce hombres y sus secretos, aunque sólo fuera para ganar un momento de paz. Una noche vino el guardia a traerme la comida y justo cuando se iba, le grité «¡Lléveme al interrogatorio! ¡Lo diré todo! ¡Diré dónde están los documentos, dónde está el dinero! ¡Lo voy a decir todo, todo!». Por fortuna no me llegó a oír, o quizás prefirió no oírme.

Hasta tal punto estaba yo perjudicado cuando sucedió algo inesperado, que habría de ser mi salvación, al menos por un tiempo. Era un día gris y sombrío de finales de julio, recuerdo perfectamente este detalle porque la lluvia repiqueteaba en las ventanas del pasillo por el que me conducían al interrogatorio. Tuve que esperar en la antesala del juez de instrucción. Siempre había que esperar antes de comparecer, era parte del método. Se empezaba tensando los nervios del reo yéndolo a buscar inopinadamente en medio de la noche, después, cuando se había recompuesto reuniendo toda su energía para la audiencia, se le hacía esperar, esperar absurdamente una, dos o tres horas antes de interrogarlo, para hundirle el cuerpo y el alma. Permanecí de pie en aquella sala de espera dos largas horas aquel 27 de julio, y la fecha la recuerdo porque había un calendario colgado en la pared y, mientras las piernas se me clavaban en el torso a fuerza de estar tanto tiempo de pie, mis ojos devoraban, con una sed de lectura que no le puedo describir, esta cifra y esta palabra, «Julio 27», que parecían saltar desde la pared, pues mi avidez casi las integraba en mi materia gris.

Después volví a esperar, a mirar la puerta, a preguntarme cuándo se abriría, a reflexionar sobre lo que me preguntarían esta vez los inquisidores, siendo bien consciente de que no me harían las preguntas para las que me había preparado. A pesar de la ansiedad de esta espera y de la fatiga que me causaba, suponía un alivio estar así en una habitación que no era la mía, una estancia algo más grande, iluminada por dos ventanas en lugar de una, sin cama y sin aguamanil, donde el alféizar de la ventana no tenía una grieta en la que me había fijado un millón de veces en la mía. La puerta tenía un barniz diferente, también la silla contra la pared era diferente, a la izquierda había una estantería llena de carpetas y un guardarropa con perchas en las que colgaban tres o cuatro abrigos militares mojados, los abrigos de mis torturadores. Así, tenía nuevas cosas que mirar y examinar, por fin algo nuevo, y mis ojos frustrados se aferraban vorazmente al detalle más nimio. Escrutaba cada pliegue de aquellos abrigos, y me fijaba, por ejemplo, en una gota de lluvia en el borde de un cuello mojado. Esperaba con una emoción demencial (esto le parecerá ridículo) a ver si se iba a deslizar siguiendo el pliegue, o si iba a aguantar aún su peso y se iba sostener más tiempo. Sí, me quedaba mirando fijamente, sin aliento, aquella gota durante minutos, como si mi vida dependiera de ella. Y cuando finalmente se precipitó, me puse a contar los botones de cada abrigo, ocho el primero, ocho el segundo y diez el tercero. Después comparé los forros de cada uno. Mis ojos se bebían todos estos detalles tontos e insignificantes, los repasaban una y otra vez y los saboreaban con una pasión que no alcanzo a expresar con palabras. Y, de repente, se quedaron clavados. Había descubierto algo que abultaba uno de los bolsillos de uno de los abrigos. Me acerqué y me pareció reconocer, a través del paño liso, la forma rectangular de un libro ¡Un libro! Me temblaron las rodillas ¡Un libro! Hacía cuatro meses que no le echaba mano a uno y sólo imaginarlo me extasiaba. Un libro en el que vería palabras alineadas unas detrás de otras, renglones, páginas y hojas que yo podría pasar. Un libro donde podría seguir otros pensamientos, pensamientos nuevos que me distraerían de los míos y que podría conservar en mi mente ¡Qué descubrimiento a la par excitante y calmante! Mis ojos se fijaron, hipnotizados, sobre aquel bolsillo hinchado en el que se esbozaba la forma de un libro, miraban con tal fervor aquel lugar banal que parecían querer atravesar el abrigo con la mirada. No pude aguantar más e, involuntariamente, me acerqué aún más. Sólo con pensar en tocar, en palpar un libro, aunque fuera a través de un tejido, los dedos me ardían hasta la punta de las uñas. Casi sin darme cuenta, me fui acercando cada vez más. Afortunadamente el guardia no echaba cuenta a mi extraño comportamiento. Quizás simplemente le parecía natural que un hombre quiera apoyarse un poco en la pared, tras llevar dos horas de pie. Acabé colocándome al lado del abrigo, y puse las manos detrás de mi espalda para poder tocarlo furtivamente. Tanteé la tela y efectivamente noté que había un objeto rectangular, que era flexible y que crujía sutilmente. ¡Un libro! ¡Sí que era un libro! Un pensamiento explotó como un rayo en mi cerebro: ¡Intenta robarlo! Si lo consigues podrás esconderlo en tu celda y leer, leer, leer por fin. ¡Leer de nuevo! En cuanto se me pasó por la cabeza este pensamiento, me sacudió como un potente veneno. Me zumbaban los oídos, se me aceleró el corazón, mis manos heladas dejaron de obedecerme. Sin embargo, una vez superado el primer estupor, me fui pegando al abrigo y, vigilando fijamente al guardia, fui sacando poco a poco el libro del bolsillo y, de repente, lo así con destreza y cautela hasta que tuve en mi mano un pequeño volumen bastante delgado. Justo en ese momento me aterrorizó lo que acababa de hacer, pero ya no podía echarme atrás ¿Y ahora dónde lo meto? Manteniéndolo detrás de mi espalda, deslicé el libro dentro de mi pantalón, bajo la cintura y desde ahí suavemente hasta encima de la cadera, para poder sostenerlo al caminar, llevando la mano sobre el borde del pantalón, a la manera militar. Entonces tenía que comprobar si ese sistema funcionaría. Me alejé del guardarropa, di un paso, dos pasos, tres pasos y vi que funcionaba, lograba mantener el libro en su sitio mientras caminaba, llevando el brazo bien pegado al cuerpo a la altura de la cintura.

A continuación vino el interrogatorio, en el que tuve que hacer un esfuerzo mayor que nunca antes, porque toda mi atención se concentraba en el libro y en la manera en que lo sostenía, en lugar de centrarme en mis respuestas. Por fortuna, aquel día la audiencia fue breve y logré llevar el libro sano y salvo a mi habitación. Le ahorraré los detalles, aunque una vez se me escurrió peligrosamente por dentro del pantalón cuando iba por el pasillo, y tuve que fingir un violento acceso de tos para encorvarme y volverlo a colocar discretamente bajo mi cintura. Pero qué momento tan inolvidable fue aquel cuando me hallé de vuelta en mi infierno, por fin solo, y, no obstante, con aquella preciosa compañía.

Pensará usted que saqué inmediatamente el libro de su escondite para contemplarlo y leerlo. No fue eso lo que hice, porque primero quería paladear toda la felicidad que me daba la sola presencia de este libro, y retrasé intencionadamente el momento de verlo, buscando el excitante placer de soñar preguntándome qué tipo de libro quería que fuera: de letra pequeña y renglones muy juntos, con el máximo de texto posible, con hojas muy finas para que me llevara más largo tiempo leerlo. También deseaba que fuera una obra sesuda, que exigiera un gran esfuerzo intelectual, nada que fuera mediocre o ligero, algo que se pudiera aprender, que se pudiera memorizar, poesía y preferiblemente —¡qué sueño temerario!— Goethe u Homero. Finalmente, no pude contener más mi deseo y mi curiosidad. Me tumbé en la cama para que, si entraba de repente el guardia, no me descubriera, y saqué temblando el libro de debajo de mi cintura.

Al verlo quedé abatido y amargamente decepcionado, puesto que aquel libro por el que había corrido un gran riesgo, aquel libro, que había encendido en mí tan ardientes esperanzas, no era más que un manual de ajedrez, una recopilación de ciento cincuenta partidas de grandes maestros. Si no llega a ser porque estaba encerrado bajo llave, habría tirado el libro por la ventana en un ataque de cólera, porque, por el amor de Dios ¿de qué me iba a servir a mí una obra tan absurda? En mis tiempos de instituto, había intentado, como la mayoría de mis compañeros, mover las piezas en un tablero de ajedrez, algún día que me aburría, pero ¿cómo iba a aprovechar ese libro de teoría? No se puede jugar al ajedrez sin adversario, y aun menos sin tablero y sin piezas. Hojeé el libro de mal humor, en la esperanza de encontrar algo que leer, aunque fuera un prólogo, o unas instrucciones. Pero allí sólo había fríos diagramas, en cuadrillas, de partidas célebres, con unos signos al pie de mano me resultaron indescifrables: a2-a3, f1-g3 y así sucesivamente. Yo me imaginaba que aquello era una expresión algebraica de la que me faltaba la clave. Pero, poco o poco, fui entendiendo que las letras a, b, c, etc., representaban las líneas longitudinales, y los números del 1 al 8, las transversales, y que con esas coordenadas se establecía la posición de cada pieza en el transcurso de la partida. Estas expresiones puramente gráficas constituían, por tanto, un lenguaje. Me planteé que podría fabricar en mi celda una especie de tablero para probar a jugar esas partidas. Por una afortunadísima casualidad resultó que el edredón de mi cama tenía un diseño de grandes cuadros, doblándolo cuidadosamente logré tener un damero de sesenta y cuatro casillas. Escondí entonces el libro debajo del colchón, tras haberle arrancado la primera hoja. Luego cogí un poco de miga de mi ración de pan y la usé para modelar las piezas, un rey, una dama, un alfil y todas las demás. No quedaron demasiado logradas, pero conseguí, con algo de esfuerzo, reproducir sobre el edredón cuadriculado las posiciones que representadas en el manual. Sin embargo, los primeros días no conseguí jugar una partida entera, debido a mis ridículas piezas de miga de pan que constantemente confundía, porque para pintar las negras sólo había podido utilizar algo de polvo. Aquella primera partida la tuve que volver a empezar, cinco, diez y veinte veces. Pero nadie en el mundo disponía de más tiempo que yo, sumido en aquella esclavitud que me imponía la nada y, por ello, nadie podía tener ni más motivación, ni más paciencia que yo. Al cabo de seis días ya jugaba correctamente aquella partida; ocho días más tarde, ya no necesitaba piezas de miga de pan para representar las posiciones de cada jugador sobre el tablero. Tras otros ocho días, prescindí del cobertor cuadriculado. Los signos a1, a2, c7, c8, que me resultaron tan abstractos al principio, se materializaban ahora en mi cabeza automáticamente en forma de imágenes. La transposición era completa, el tablero y sus piezas se proyectaban en mi mente y las fórmulas del libro indicaban inmediatamente las posiciones. Era como un músico avezado que sólo con echar un vistazo a la partitura ya comprende los temas y las armonías que contiene. Necesité otros quince días para estar en condiciones de jugar de memoria o, como dicen los ajedrecistas, «a ciegas», todas las partidas expuestas en aquel tratado. Entonces comprendí el infinito beneficio que me había deparado aquel robo, porque ahora tenía una actividad, absurda o improductiva, si usted quiere, pero una actividad, a fin de cuentas, que echaba abajo el dominio de la nada sobre mi espíritu. Aquellas ciento cincuenta partidas suponían para mí un arma maravillosa contra la asfixiante monotonía del espacio y el tiempo. Para conservar el encanto de mi nuevo hábito, repartía ahora metódicamente mi jornada: dos partidas por la mañana, dos partidas por la tarde y de noche una breve recapitulación de las cuatro. De esta manera llenaba mi tiempo, en lugar de arrastrarlo con pegajosa inconsistencia, y me ocupaba sin excederme, ya que el ajedrez posee esa destacable propiedad de no fatigar la mente, sino más bien aumentar su agilidad y rapidez. Esto se debe a que, cuando jugamos, concentramos toda nuestra capacidad intelectual en un campo que es muy restringido, aun cuando se trata de problemas complejos. Yo al principio había seguido mecánicamente las indicaciones del libro reproduciendo aquellas partidas célebres, sin embargo, después aquello fue convirtiéndose para mí paulatinamente en un juego de ingenio que disfrutaba mucho. Fui descubriendo los matices, las sutiles astucias del ataque y la defensa, aprendí la técnica de la anticipación, de la combinación y de la respuesta. En poco tiempo llegué a ser capaz de reconocer las maneras que caracterizaban a cada uno de aquellos grandes maestros, con la misma seguridad con la que se reconoce a un poeta a partir de unos versos escritos por él. Lo que había empezado siendo meramente una manera de matar el tiempo se convirtió en una auténtica diversión, y las figuras de grandes jugadores como Alekhine, Lasker, Bogoliúbov o Tartakower llegaron, como buenos amigo, a poblar mi soledad. En adelante, la variedad animó mi celda silenciosa, y la regularidad de estos ejercicios devolvió a mis facultades intelectuales la seguridad que habían ido perdiendo. Esta disciplina mental tan precisa les aportó asimismo una nueva agudeza, que se notó en primer lugar en los interrogatorios, pues, sin saberlo, con el ajedrez había aprendido a defenderme mejor de las falsas amenazas y las maniobras de distracción. A partir de entonces, ya no cometí más errores ante los jueces y me parecía que los hombres de la Gestapo me habían empezado a mirar con cierto respeto. Quizás se preguntaban de dónde podía sacar yo las fuerzas para resistir con tal firmeza, sabiendo que los demás se venían abajo.

Esos tiempos felices en los que yo repetía maquinalmente las ciento cincuenta partidas del manual duraron unos tres meses. Entonces llegué a un punto muerto, en el que bruscamente me vi de nuevo enfrentado a la nada, porque una partida que has jugado veinte o treinta veces deja de tener el atractivo de la novedad, es decir, ya no tenía interés para mí. ¿Qué sentido tenía ya repetir las partidas sin fin, cuando conocía de memoria cada movimiento? La apertura desencadenaba automáticamente las siguientes, ya no había ni sorpresa, ni emoción, ni problema que resolver. Para interesarme, para conseguir ese esfuerzo y ese entretenimiento de los que no podía prescindir, habría necesitado un segundo volumen con otros ejemplos. Como esto era de todo punto imposible, sólo quedaba una salida en aquel aberrante proceso: tenía que inventar nuevas partidas que intentaría jugar conmigo mismo o, más bien, contra mí mismo.

Mire, yo no sé si usted se habrá planteado alguna vez el estado mental con el que se aborda este rey de los juegos, pero se entiende fácilmente que, como en él el azar no juega ningún papel, sería absurdo intentar jugar contra uno mismo. El interés del ajedrez reside únicamente en la confrontación entre dos cerebros, cada uno con su táctica. La gracia de esta batalla intelectual radica en que las negras no saben lo que van a hacer las blancas, y que intentan constantemente averiguar sus intenciones para contrarrestarlas, mientras que, a su vez, las blancas intentan descubrir las intenciones secretas de las negras para entorpecerlas. Por lo tanto, es una contradicción que ambos bandos sean dirigidos por la misma persona. ¿Cómo podría el mismo cerebro a la vez saber y no saber el objetivo que persigue y, jugando con las blancas, olvidar a propósito su intención y la táctica que acaba de hacer un minuto antes con las negras? Un desdoblamiento así del pensamiento implica una escisión completa de la consciencia, una capacidad de aislar voluntariamente ciertas funciones del cerebro, como si se tratara de un aparato mecánico. De manera que pretender jugar al ajedrez contra uno mismo es algo tan paradójico como intentar pisar la sombra de uno mismo.

El caso es que la desesperación me llevó a entregarme a esta práctica tan absurda como imposible durante meses, porque era la única opción que tenía para escapar de la locura y la aniquilación total de mi espíritu. Mi situación atroz me obligaba a intentar este desdoblamiento de mi mente en un yo blanco y un yo negro si no quería ser aplastado por la nada terrible que me acorralaba.

El señor B se recostó sobre su tumbona y cerró los ojos un momento. Se diría que intentaba ahuyentar un recuerdo inoportuno. Apareció de nuevo en la esquina izquierda de su boca aquella extraña crispación que no podía reprimir. Después se enderezó y continuó su relato.

Espero que mi relato haya sido suficientemente claro hasta ahora, y no estoy seguro de si lo que viene a continuación lo seguirá siendo. Pues mi nueva ocupación exigía tal tensión mental que hizo que perdiera totalmente el control sobre mí mismo. Ya le he dicho que, en mi opinión, intentar jugar al ajedrez contra uno mismo es de por sí una idea absurda, pero quizás habría podido tener algo de sentido si yo hubiera tenido ante mí un verdadero tablero de ajedrez, que me habría permitido, hasta cierto punto, tomar distancia y proyectar las cosas en el espacio. Ante un tablero de verdad en el que hay que mover piezas de verdad, se puede dar un ritmo para los pensamientos, se puede uno desplazar a un lado y otro del tablero y, de esta manera, considerar la situación bien desde el punto de vista de las negras, o bien desde el de las blancas. Pero, forzado como estaba a librar aquellas batallas contra mí mismo o, digamos, contra un yo que yo mismo proyectaba en un espacio imaginario, tenía que representarme mentalmente y retener las posiciones sucesivas de las piezas, las posibilidades ulteriores de cada uno de los adversarios y —por muy disparatado que parezca— tenía que visualizar claramente en mi mente dos o tres, no, más bien seis, ocho, doce posiciones diferentes para poder calcular cuatro o cinco movimientos de las blancas y las negras que también dirigía yo. Para practicar aquel juego que tenía lugar en un espacio abstracto e imaginario —disculpe las aberraciones que le estoy contando— mi cerebro se dividía, si se puede decir, en un cerebro blanco y un cerebro negro, para poder preparar de antemano los cuatro o cinco movimientos para poner en práctica la táctica, en uno u otro bando. Pero lo más peligroso de este retorcido ejercicio no era esta división de mi pensamiento en mi interior, sino el hecho de que todo tenía lugar en mi imaginación, con lo que me arriesgaba a perder pie y deslizarme hacia el abismo. Cuando, semanas antes, yo reconstruía las partidas célebres del manual, lo que hacía era una copia, una mera repetición de un modelo dado, y ese ejercicio no exigía más esfuerzo que el que se hace para memorizar unos versos o un párrafo del Código Civil. Era una actividad acotada, disciplinada, una gimnasia mental considerable. Dos partidas por la mañana, dos por la tarde, era un deber que podía cumplir sin llevarme al límite, era algo que resolvía como una ocupación normal y, si me equivocaba, si dudaba durante una partida, podía recurrir al manual. Lo que me resultaba saludable y relajante de esta actividad, es que yo no me jugaba nada. Me era indiferente que la victoria fuera para las blancas o para las negras, eso era problema de Alekhine y Bogoliúbov, que se jugaban el honor de ser campeones, y el placer que yo disfrutaba por medio de mi inteligencia y sensibilidad era el del espectador, el experto que sabe apreciar las vicisitudes del combate y su belleza. Desde el momento en que intenté jugar contra mí mismo, sin darme cuenta, me puse a prueba. El de blancas, que era yo, competía contra el de negras, que también era yo, y cada uno de ellos quería ganar con avidez e impaciencia. Cuando jugaba con negras analizaba enfermizamente lo que podría hacer jugando con blancas. Uno de los dos adversarios que había en mí triunfaba y se irritaba a la vez cuando el otro cometía un error o jugaba con poca astucia.

Todo esto parece que no tiene sentido, y no lo tendría si habláramos de un hombre viviendo en circunstancias normales. ¡Qué historia más inimaginable es una esquizofrenia así de artificial, qué inconcebible desdoblamiento de la personalidad! Pero hágase cargo de que me habían arrancado brutalmente de mi entorno habitual, yo era un prisionero inocente, torturado con refinamiento desde hacía meses por la soledad, un hombre en el que se había ido acumulando la cólera sin que la pudiera descargar contra nada, ni contra nadie. Como no había otro entretenimiento disponible, salvo este juego absurdo contra mí mismo, éste se convirtió en la válvula de escape para mi rabia y mi deseo de venganza. Había un hombre en mí que quería tener razón a toda costa, pero sólo se la podía imponer a ese otro yo contra el que jugaba. Hasta el punto de que estas partidas de ajedrez me causaban una agitación casi demente. Al principio todavía podía jugar con calma y reflexionando, hacía pausas entre las partidas para relajarme un poco. Pero, en seguida, mis nervios irritados ya no me daban respiro, apenas había movido las blancas, ya las negras respondían con otro movimiento. Apenas había acabado una partida, una mitad de mí se ponía de nuevo a desafiar a la otra, pues en mi interior siempre había un vencido que pedía venganza. Nunca sabré, ni aproximadamente, cuántas partidas jugué de esta manera durante los últimos meses de mi cautiverio, sumido en aquel implacable desvarío, quizás fueron mil, quizás más. Estaba poseído y no me podía defender, desde la mañana hasta la noche no tenía otra cosa en la cabeza que a, b, c, jaques y enroques. Todo mi ser, toda mi sensibilidad se concentraba en las casillas de un tablero imaginario. El placer de jugar se había convertido en un deseo violento, el deseo en una obligación, en una manía, un furor frenético que invadía mis días y mis noches. Sólo pensaba en ajedrez, problemas de ajedrez, movimientos de piezas. Me despertaba súbitamente sudando y me daba cuenta de que había continuado jugando en sueños. Si en mis sueños aparecían figuras humanas, sólo se movían como la torre, el caballo o el alfil. Asimismo, en el interrogatorio no lograba concentrarme en lo que era mi responsabilidad, tengo la impresión de haberme expresado de manera bastante ininteligible en mis últimas comparecencias, porque los jueces se miraban unos a otros asombrados. En realidad, mientras ellos realizaban su investigación y sus deliberaciones, yo sólo esperaba ávidamente al momento en que me llevaran de vuelta a mi habitación para retomar mi partida, mi juego demencial. Otra partida, y luego otra... cualquier interrupción laceraba mi febril impaciencia, incluso el cuarto de hora en el que el guardián barría mi habitación, y hasta los dos minutos en los que me servía la comida... a veces mi comida estaba intacta en su cuenco ya por la noche, porque me había olvidado de comer. Lo que sí tenía era una sed atroz, que sin duda se debía a aquel juego febril y a sus reflexiones perpetuas. Bebía mi botella de un trago y le pedía al guardián que me trajera más, pero, al momento siguiente, mi boca ya estaba seca. Por último, mi agitación llegó a tal punto al jugar —no hacía otra cosa desde la mañana hasta la noche— que no podía ya quedarme sentado un minuto, y caminaba por la habitación sin parar analizando mis partidas, cada vez más rápido, con un paso cada vez más acelerado, cada vez más excitado según se aproximaba el desenlace de la partida. La pasión por ganar, por vencer, por vencerme a mí mismo se fue convirtiendo poco a poco en una suerte de furor. Temblaba de impaciencia porque uno de los dos adversarios que me habitaban jugaba demasiado despacio para el gusto del otro. Entre ellos se hostigaban y, por muy ridículo que le pueda parecer, yo me apremiaba entre dientes, «¡más rápido, más rápido, vamos, vamos!», cuando la réplica se hacía esperar. Soy consciente a día de hoy, quede claro, de que aquel estado mental era ya absolutamente patológico. No le he encontrado otro nombre que el de «intoxicación por ajedrez», término que aún no existe en la jerga médica. Adelgacé, empecé a dormir agitado y de forma intermitente. En la vigilia, mis párpados eran de plomo, apenas conseguía levantarlos. Estaba muy débil, mis manos temblaban de tal manera que tenía que hacer un gran esfuerzo para llevarme un vaso a los labios. Pero en cuanto comenzaba una partida, se apoderaba de mí una energía salvaje. Caminaba adelante y atrás con los puños apretados, y oía, de repente, como a través de una niebla sanguina, mi propia voz que me gritaba con tono ronco y malvado «¡jaque!» o «mate».

Me encontraba en un estado tan horroroso e indescriptible, que no sabría decir cómo se produjo la crisis. Lo único que sé es que desperté una mañana de forma distinta a la habitual. Mi cuerpo estaba como desconectado de mí mismo, estaba relajado, dulcemente entregado a un agradable confort. Un cansancio demoledor, como no había sentido en meses, pesaba sobre mis párpados, dándome tal sensación de bienestar que no quería abrir los ojos todavía. Durante varios minutos, me quedé así, disfrutando mi sopor y la tibieza de mi postración con voluptuosa languidez. De repente, me pareció oír voces detrás de mí, voces humanas, cálidas y claras, que pronunciaban palabras tranquilas y no se puede usted hacer idea de mi felicidad. Yo, que desde hacía casi un año no había oído otra cosa que las duras y pérfidas palabras de mis jueces. Me dije: «¡Estás soñando! ¡Es un sueño, no abras los ojos! Sigue soñando mejor que volver a esa habitación maldita, a la silla, el aguamanil, la mesa y el sempiterno diseño del papel de la pared. Estás soñando... sigue soñando».

Pero acabó imponiéndose la curiosidad. Lentamente, cautamente, abrí los ojos. ¡Oh, maravilla! Me encontraba en otra habitación, que era más espaciosa que la mía del hotel. La luz entraba sin que la filtraran unos barrotes. Fuera veía árboles, unos árboles verdes que agitaba el viento, en lugar del muro que cegaba mi habitación. Las paredes de la habitación eran de un blanco brillante, también era blanco el techo que veía sobre mí... sí, realmente estaba en otra cama, una cama que no conocía. No era un sueño, voces humanas hablaban detrás de mí. Al comprenderlo se ve que me agité violentamente, estupefacto, porque oí unos pasos que se acercaban inmediatamente. Una mujer venía hacía mí, a paso ligero, una mujer que llevaba una cofia blanca, una enfermera. Me estremecí encantado, llevaba un año sin ver una mujer. Seguramente miré aquella graciosa aparición con ojos extasiados y ardorosos, pues me dijo con energía y suavidad: «¡Quédese tranquilo, muy tranquilo!». Sólo escuchaba el timbre de su voz. ¿No era la voz de un ser humano? Quedaban aún sobre la faz de la tierra personas que no eran jueces o torturadores, también estaba —¡oh, milagro!— esta muchacha de voz dulce y cálida, casi tierna. Miré fija e intensamente la boca que acababa de hablarme con aquella bondad, pues aquel año infernal me había hecho olvidar que la bondad podía existir entre las personas. Me sonrió —sí, me sonrió es decir, que aún quedaban personas que sonreían en el mundo—, después se llevó un dedo a los labios y se alejó en silencio. Pero no estaba yo en condiciones de obedecerla, no había podido saciar mis ojos de mirar aquel prodigio, así que hice lo contrario esforzándome por incorporarme en la cama y seguirla con la mirada, para seguir completando el cuadro de aquella criatura maravillosa y bondadosa. Intenté ayudarme de las manos y no fui capaz, la derecha había desaparecido hasta la muñeca enterrada en un grueso paquete muy extraño, de color blanco, que parecía un vendaje. Primero lo observé desconcertado, luego empecé a comprender poco a poco dónde me encontraba y a preguntarme qué me podría haber pasado. Me habían hecho daño, o bien yo mismo me había lesionado la mano, y estaba en un hospital.

Por la tarde me visitó el médico, era un señor mayor simpático. Conocía mi nombre y hablaba con tanto respeto de mi tío, el médico del emperador, que sentí que realmente me apreciaba. Estuvimos charlando y me hizo diversas preguntas, una de ellas me llamó la atención: me preguntó si era matemático o químico. Le dije que no.

—Qué curioso —murmuró—, en su delirio usted mencionó unas fórmulas muy raras... c3, c4. Ninguno de nosotros las entendía.

Pregunté lo que me había ocurrido, y sonrió de una manera peculiar.

—Nada grave. Una violenta crisis de nervios —y añadió bajando la voz, tras haber echado una mirada circunspecta a su alrededor—, lo que es muy comprensible, por otro lado. Desde el trece de marzo ¿no es así?

Asentí.

—No me extraña, con esos métodos —murmuró— usted no es el primero, no se preocupe.

Por la manera tranquilizadora en que me hablaba, y por cómo me miraba, supe que estaba en buenas manos.

Dos días más tarde, aquel excelente médico me contó exactamente lo que me había pasado. El guardia me había oído gritar muy alto y pensó en un primer momento que yo discutía con alguien que había entrado en mi habitación. Pero en cuanto abrió la puerta yo me había lanzado contra él entre alaridos salvajes, «¡vamos, juega, desgraciado, cobarde!», había intentado estrangularlo con tal violencia que tuvo que pedir auxilio. Cuando me llevaban al médico, había logrado liberarme y, presa de una ira frenética, me había lanzado contra la ventana del pasillo, rompiendo el cristal y haciéndome un profundo corte en la mano —aquí puede usted ver todavía la cicatriz—, pasé las primeras noches en el hospital sumido en una especie de fiebre cerebral, pero en aquel momento ya había recuperado plenamente mis facultades mentales.

—Tenga claro que no les voy a decir a estos señores que usted está mejor —añadió suavemente— porque serían capaces de enviarle allí de nuevo. Usted déjelo de mi mano, haré lo que pueda para ayudarle. Ignoro el informe que hizo este gran amigo a mis torturadores, pero el hecho es que consiguió lo que pretendía: mi liberación. Quizás me hizo pasar por un desequilibrado, quizás mi persona ya no era de interés para la Gestapo, puesto que Hitler acababa de ocupar la Bohemia y el asunto de Austria quedaba resuelta a su entender. Sólo tuve que comprometerme por escrito a abandonar mi patria en un plazo de quince días, y esos quince días los ocupé plenamente con los trámites que debe formalizar un antiguo ciudadano del mundo para hacer un viaje al extranjero (documentos militares, policiales, declaración fiscal, pasaporte, visado, certificado médico...), de manera que no me quedó tiempo para pensar en el pasado. Además, parece que hubiera en nuestro cerebro unas misteriosas fuerzas compensadoras que eliminan espontáneamente todo aquello que pudiera dañar o amenazar nuestra mente, pues cada vez que intentaba pensar en mi tiempo de cautiverio, mi memoria se nublaba. Tuvieron que pasar muchas semanas hasta que, cuando ya me encontraba en este barco, tuve por fin el valor de repasar mentalmente aquellos acontecimientos.

Comprenderá usted ahora el porqué de mi conducta tan incongruente y, sin duda, incomprensible, con sus amigos. Paseaba casualmente por la sala de fumadores, cuando vi a aquellos señores sentados ante un ajedrez, el estupor y el espanto me dejaron clavado en el sitio. Pues yo había olvidado completamente que se puede jugar al ajedrez ante un tablero de verdad, con piezas que se pueden tocar, había olvidado que es un juego en el que dos personas distintas se colocan en sillas situadas una en frente de la otra. Y, en realidad, necesité varios minutos para recordar que aquellos jugadores que estaba viendo jugaban al mismo juego que yo jugara en mi cautiverio durante meses, cuando me enojaba desesperadamente contra mí mismo. Los números a los que yo me había acostumbrado, en aquella época de práctica feroz, no eran otra cosa que símbolos para representar esas piezas de marfil. La sorpresa que yo experimenté al constatar que el movimiento de las piezas sobre el tablero correspondía al de mis peones imaginarios era seguramente como la del astrónomo que ha determinado sobre el papel la existencia de un planeta mediante sabios cálculos, y lo descubre repentinamente en el cielo bajo la forma de una estrella sustancial y brillante. Como hipnotizado, miraba fijamente el tablero en el que veía mis diagramas materializados en las figurillas esculpidas de un caballo, una torre, un rey, una dama y peones de verdad. Para poder comprender las posiciones respectivas de cada adversario, tuve que transponer el mundo abstracto de mis números y letras en aquél de las piezas que allí se manipulaban ante mis ojos. Poco a poco, me entró la curiosidad de asistir a una partida real, disputada por dos adversarios. Olvidando cualquier saber estar, intervine descaradamente en su partida. Pero es que el error que estaba a punto de cometer su amigo me golpeó como un puñal en el corazón. Con un gesto instintivo, sin pensarlo, lo retuve como se retiene a un niño que se inclina sobre una balaustrada. Sólo más tarde me di cuenta de cuán grosera y fuera de lugar había sido mi intervención.

Me apresuré a tranquilizar al doctor B., diciéndole que nosotros estábamos encantados de aquella casualidad que nos había permitido conocerle, y añadí que, personalmente, yo estaba doblemente impaciente por asistir al torneo improvisado del día siguiente, tras haber escuchado su relato. El doctor B. se agitó inquieto.

—No, de verdad, no se haga ilusiones. Para mí sólo se tratará de ponerme a prueba... sí, desearía... desearía saber si soy capaz de jugar una partida de ajedrez normal, en un tablero de verdad, con piezas de verdad y contra un adversario real... pues realmente tengo mis dudas sobre si estas cien o mil partidas que jugué eran reglamentarias, o si tan sólo era un juego onírico, como cuando se tiene fiebre, uno de esos sueños fantásticos en los que omitimos alegremente partes de la historia que son indispensables en la realidad. Pues ¿usted no esperará en serio que me voy a medir con el campeón del mundo y lo voy a dejar fuera de combate? Lo único que a mí me intriga y me interesa, es saber de una vez por todas sí yo realmente jugaba al ajedrez, en mi habitación, o si estaba ya loco. En dos palabras, si estaba dentro o fuera de la zona de peligro. Para mí este es el único propósito de esta partida».

En ese instante, desde el otro extremo del buque sonó el gong que anunciaba la cena. Nuestra conversación había durado seguramente más de dos horas... aquí he resumido mucho el relato pormenorizado que me hizo el doctor B. Le di las gracias con entusiasmo y me despedí. Pero antes de que abandonara la cubierta él se me aproximó a la carrera y añadió, con tal nerviosismo que tartamudeaba:

—¡Una cosa más! No querría parecer maleducado por segunda vez. ¿Sería usted tan amable de advertir a esos señores de que sólo jugaré una partida? Eso pondrá el punto y final a una vieja historia, eso es todo... una conclusión definitiva, no un reinicio... no quiero volver a ser poseído por aquella pasión febril, por esa rabia de jugador que me da temblores recordar... y además... además el médico me lo advirtió... me lo advirtió expresamente. Un hombre que ha sucumbido a una manía puede recaer, incluso si está completamente curado... vale más no volver acercarse a un tablero de ajedrez, cuando se ha estado intoxicado como estuve yo... Por ello, comprenderá usted, voy a jugar esa única partida para hacer la prueba, y será la última».

Al día siguiente, a las tres en punto clavadas, estábamos reunidos en la sala de fumadores, como habíamos quedado. Dos oficiales de la tripulación, aficionados a este rey de los juegos, se habían sumado a nosotros, tras haber obtenido un permiso especial para asistir al torneo. Czentovic esta vez no se hizo esperar como la víspera y, tras sortear los colores, dio comienzo una partida memorable en la que se enfrentaban aquel *homo obscurissimus* paisano mío y el ilustre campeón. Lamento que se desarrollará sólo ante espectadores tan incompetentes como nosotros, y que se haya perdido para los anales del ajedrez, de la misma manera que sucedió en la música con las improvisaciones de Beethoven al piano. Es cierto que intentamos reconstruir de memoria la partida entre todos, al día siguiente por la tarde, pero sin lograrlo. Está claro que los jugadores nos habían interesado más que la partida, cuyos entresijos ya no podíamos seguir. Efectivamente, el contraste intelectual entre los dos contendientes se fue plasmando de una manera cada vez más física a través de sus actitudes respectivas en el transcurso de la partida. Czentovic, envarado e inmóvil como una estaca, muy en su elemento, no dejaba de mirar el tablero. Para él reflexionar representaba una especie de esfuerzo físico que exigía una concentración extrema de todo su cuerpo. Al doctor B., por el contrario, se le veía muy relajado y suelto en sus movimientos. Era un verdadero entusiasta de aquel juego en el sentido más bello del término, sólo veía en el ajedrez el placer que le causaba, entre jugada y jugada nos daba explicaciones desenfadadas, encendía un cigarrillo con mano ligera y no miraba al tablero hasta un momento antes de que le tocara mover. Parecía que siempre había previsto las intenciones de su rival.

Al principio, con las aperturas de rigor, todo fue bastante rápido. Fue en el séptimo u octavo movimiento cuando la batalla pareció empezar a dibujarse según un plan preciso. Czentovic reflexionaba durante más tiempo, por lo que inferimos que ya se había entablado la auténtica lucha por la superioridad. Pero debo admitir que, para nosotros los novatos, la evolución progresiva de la situación, como en cualquier torneo de verdad, era algo desalentadora, pues a medida que las piezas trazaban sobre el tablero sus extraños arabescos, menos podíamos nosotros comprender su significado oculto. No entendíamos ni las intenciones de los respectivos contendientes, ni qué bando llevaba ventaja. Sólo veíamos que movían sus piezas como las palancas de una máquina, o como generales que dirigen sus tropas para intentar abrir brecha en las líneas enemigas. Pero no éramos capaces de comprender los objetivos estratégicos de aquellos movimientos, porque los jugadores así de avezados articulan su táctica con varias jugadas de antelación. Y a nuestra ignorancia se iba sumando poco a poco una fatiga debida sobre todo a los interminables minutos de reflexión que necesitaba Czentovic. Esta lentitud irritaba visiblemente a nuestro amigo. Me di cuenta con inquietud que se agitaba cada vez más en su asiento a medida que la partida iba avanzando. Encendía nerviosamente un cigarrillo tras otro, o escribía apresuradamente alguna anotación. Después pidió una botella de agua mineral y se puso a beber precipitadamente un vaso tras otro. Era obvio que calculaba sus movimientos cien veces más rápido que Czentovic. Cuando este último se decidía por fin, tras un tiempo de reflexión infinito, a mover una pieza con su pesada mano, nuestro amigo simplemente sonreía, con aire de haber previsto la maniobra hace mucho tiempo, y respondía inmediatamente. Su cerebro funcionaba tan rápido que obviamente ya había calculado todas las opciones que tenía su adversario. Cuanto más se demoraba Czentovic en decidirse, más se impacientaba el otro y, mientras esperaba, sus labios adoptaban un rictus de contrariedad casi hostil. Pero Czentovic no se daba por aludido, a medida que iban quedando menos piezas en juego, más se demoraba en sus reflexiones. En el movimiento cuarenta y dos la partida ya duraba dos largas horas y tres cuartos y nosotros la seguíamos ya aturdidos y con la mirada aturdida. Uno de los oficiales de la tripulación se había ido, el otro leía un libro y sólo miraba al tablero cuando uno de los dos contendientes había hecho su jugada. Pero, de repente, cuando era el turno de Czentovic, sucedió algo inesperado. El campeón tenía un dedo sobre el caballo para moverlo y el doctor B. al verlo, se tensó como un gato a punto de saltar. Su cuerpo empezó a temblar, empujo su dama con gesto seguro y gritó, triunfante: «¡Ya está! ¡Se acabó!», se echó hacia atrás, cruzó los brazos sobre el pecho y echó a Czentovic una mirada retadora en la que brillaba un resplandor llameante.

Todos nos abalanzamos involuntariamente hacia el tablero para comprender aquella maniobra anunciada tan victoriosamente. A primera vista, no se veía nada amenazante. Por lo que la exclamación de nuestro amigo debía referirse a un desarrollo ulterior de la situación, que nosotros, aficionados con poca visión, no sabíamos anticipar. Czentovic era el único que no había reaccionado a la provocación de su adversario. Había permanecido tan impávido como si no hubiera oído aquel ofensivo «¡ya está!». No pasaba nada. El reloj colocado en la mesa para medir el intervalo entre dos movimientos tocaba su tictac sobre el silencio general. Pasaron tres minutos, después siete, después ocho, Czentovic no se movía, pero me pareció advertir que sus grandes fosas nasales se dilataban aún más por el esfuerzo que estaba haciendo. La espera se volvió intolerable para nuestro querido señor B., y para nosotros. Se levantó como un resorte y se puso a caminar de lado a lado del salón, despacio al principio, después cada vez más rápido. Todo el mundo lo observaba, con cierta sorpresa y yo estaba muy preocupado, pues acababa de darme cuenta de que, a pesar de su mal humor, caminaba siempre por el mismo espacio: era como si una barrera invisible le cortara el paso en el vacío en medio de la sala y le obligara a volver sobre sus pasos. Me sacudió un escalofrío cuando comprendí que volvía a dar involuntariamente el mismo número de pasos que otrora en su celda. Sí, debía de ser exactamente así como se paseaba, durante meses, como una fiera enjaulada. De esa manera, miles de veces, habría ido y venido, con las manos apretadas y los hombros encogidos, mientras se iba prendiendo en su mirada fija y febril el rojo resplandor de la locura. En este momento parecía que conservaba plenamente su presencia de ánimo, pues se giraba de vez en cuando con impaciencia hacia la mesa, para ver si Czentovic se había decidido. Pero aún tuvieron que pasar nueve y diez minutos. Lo que ocurrió a continuación, no lo esperaba ninguno de nosotros. Czentovic levantó lentamente su pesada mano. Todos miramos con ansiedad a ver qué iba a hacer. Pero no hizo ningún movimiento, sino que, con el revés de la mano barrió las piezas que quedaban sobre el tablero. Un campeón del mundo, vencedor en tantos y tantos torneos, acababa de rendirse ante un desconocido, ante un hombre que llevaba sin tocar un tablero de ajedrez veinte o veinticinco años. Nuestro amigo, aquel jugador anónimo, ¡había batido al mejor jugador del mundo en un torneo público! Sin darnos cuenta, en nuestro entusiasmo, todos nos habíamos levantado con la sensación de que teníamos que hacer o decir algo para dar rienda suelta a nuestra alegría repentina. El único que no se movía, muy tranquilo, era Czentovic. Al cabo de un buen rato, alzó la cabeza y miró a nuestro amigo con una mirada pétrea.

—¿Otra? —preguntó.

—Desde luego —respondió el doctor B., con un entusiasmo que me dio muy mala espina, y antes de que yo pudiera recordarle su determinación de limitarse a una única partida, volvió a sentarse. Con una urgencia enfermiza, volvió a colocar las piezas sobre el tablero, y sus dedos temblaban de tal modo, que dos veces se le escapó un peón que rodó por el suelo. La inquietud que me causaba su excitación excesiva se tornó en angustia, porque era patente que aquel hombre calmado y pacífico se había convertido en un exaltado. El tic tensaba la comisura de su boca continuamente y todo su cuerpo temblaba, como sacudido por una fiebre súbita.

—¡Ya basta! —le susurré—. ¡No juegue ahora!, es suficiente por hoy, es demasiado.

—¡Demasiado! ¡No me haga reír! —dijo con una risa ruidosa y maliciosa—. «¡Habría podido jugar diecisiete partidas si no nos eternizáramos tanto! A mí lo que me cuesta, a este ritmo, es mantenerme despierto ¡Venga, le toca salir a usted!».

Estas últimas palabras, pronunciadas con un tono violento, casi grosero, iban dirigidas a Czentovic, que le echó una mirada tranquila y bien medida, pero dura como un puñetazo. Entre los dos jugadores había surgido súbitamente una peligrosa tensión, un odio rabioso. Ya no eran dos contendientes que querían medir sus fuerzas para divertirse, ahora eran dos enemigos que se habían jurado aniquilarse uno a otro. Czentovic tardó mucho tiempo antes de hacer su primer movimiento, y yo vi claramente que lo hacía a propósito. Parecía haber entendido que su lentitud fatigaba e irritaba a su rival, y le estaba sacando partido, como el experto en táctica que era. Al cabo de cuatro largos minutos comenzó a jugar de la manera más sencilla y más ordinaria, haciendo avanzar dos casillas al peón que cubre al rey. El doctor B. respondió inmediatamente con el mismo peón, después Czentovic volvió a hacer una pausa desmesurada, difícil de soportar. Nosotros esperábamos con el corazón en un puño, como se espera el trueno después de ver un relámpago, y entonces ese trueno tarda y tarda. Czentovic no se movía. Con mucha pausa, con calma, reflexionaba, y yo cada vez estaba más seguro de que su lentitud era intencionada y retorcida. Al menos eso me daba tiempo suficiente para observar al doctor B., que ya se había bebido tres vasos de agua y no pude evitar recordar que en su relato había hablado de la sed ardiente que había padecido durante su cautiverio. El desdichado presentaba todos los síntomas de una excitación fuera de lo normal, la frente perlada, la cicatriz de su mano que se ponía más roja y más marcada. Hasta ese momento, seguía siendo dueño de sí mismo, pero, en la cuarta jugada, cuando Czentovic volvió a sumirse en sus interminables reflexiones, perdió el control y le gritó brutalmente:

—¡Venga, juegue de una vez, vamos!

Czentovic alzó un ojo frío.

—Si no me equivoco, hemos fijado en diez minutos el tiempo de intervalo entre movimientos. Por principio, yo no juego más rápido que eso.

El doctor B. se mordió los labios. Noté que su pie, bajo la mesa, comenzó un rápido balanceo, cada vez más rápido. Tuve un presentimiento certero de que iba a perder la cabeza, y tanto es así, que al octavo movimiento se produjo un nuevo incidente. El doctor B., al que le costaba cada vez más dominar sus impulsos, no se pudo contener más. Se echó hacia delante, hacia atrás y se puso involuntariamente a repiquetear con el dedo sobre la mesa. Czentovic alzó su cabezón de aldeano.

—¿Le importaría no tamborilear? Me molesta, así no puedo jugar.

El doctor B. soltó una breve risotada.

—¡Ja! Ya lo veo.

Czentovic se puso colorado.

—¿Qué ha querido usted decir? —preguntó con un tono hosco y poco amistoso.

El doctor B. volvió a reír, con una risa seca y perversa.

—No, nada, nada... que está usted muy nervioso.

Czentovic bajó la cabeza y permaneció en silencio. Espero siete minutos antes de hacer el siguiente movimiento, y la partida continúo arrastrándose a este ritmo matador. Czentovic parecía cada vez más fosilizado. Utilizaba el máximo de tiempo permitido para tomar su decisión, y con cada movimiento la conducta de nuestro amigo parecía más y más extraña. Parecía haber olvidado la partida en curso y estar concentrado en otra cosa. Había dejado de caminar y permanecía sentado, inmóvil sobre la silla. Miraba el vacío con ojos fijos y macilentos, mientras balbuceaba continuamente palabras incomprensibles. ¿Se perdía visualizando combinaciones interminables o estaba ya pensando en otras partidas, como yo sospechaba? Sea como fuere, cada vez que por fin le tocaba a él mover, teníamos que traerlo de vuelta a la realidad. Un minuto le bastaba para ubicarse. Aun así, yo estaba cada vez más convencido de que nos había olvidado a todos, incluido Czentovic, y se encontraba sumido en una crisis de demencia latente, que en cualquier momento podía explotar en forma violenta. Y esto fue lo que pasó, efectivamente, en el movimiento diecinueve, cuando, no bien acababa de mover Czentovic, el doctor B. avanzó tres casillas con su alfil, sin siquiera mirar el tablero, gritando, con una fuerza que nos sobresaltó a todos:

—¡Jaque! ¡Jaque mate!

Todos nos inclinamos sobre el tablero para ver aquella maniobra sin igual. Pero lo que sucedió al cabo de un minuto no lo esperaba ninguno de nosotros. Lentamente, muy lentamente, Czentovic alzó la cabeza y nos miró de uno en uno —cosa que no había hecho hasta entonces—, vimos esbozarse en sus labios una sonrisa burlona y satisfecha, parecía estar disfrutando de un placer ilimitado. Una vez se hubo deleitado plenamente con su triunfo, se dirigió al personal, con afectada cortesía:

—Ustedes me perdonarán, pero yo no veo que mi rey esté en jaque. ¿Alguno de ustedes lo ve?

Examinamos la situación y después nuestras miradas inquietas se volvieron hacia el doctor B. El rey de Czentovic estaba perfectamente defendido por un peón, esto lo habría podido ver un niño, por lo tanto, no había jaque. Nos preocupamos. ¿Había nuestro exaltado amigo movido una pieza en diagonal, o una casilla de más o de menos? El silencio general lo llevó a él mismo a examinar el tablero y se puso a decir, balbuceando violentamente:

—¡Pero si el rey tiene que estar en f7... no está en su sitio, no lo está! ¡Usted se ha equivocado! En este tablero está todo mal... ese peón de ahí está en g5, no en g4... esto es otra partida... esto...».

Entonces se detuvo bruscamente. Yo lo había cogido por el brazo y le había pellizcado con tal fuerza que lo había sentido, a pesar de su enajenamiento febril. Se volvió hacia mí y me miró con ojos sonámbulos.

—¿Qué sucede?... ¿Qué quiere usted?

Yo sólo le dije: «¡Recuerde!», y recorrí con mi dedo la cicatriz de su mano. Él siguió involuntariamente este gesto, sus ojos se volvieron sombríos al fijarse en aquella marca rojiza. Después empezó a temblar repentinamente y un escalofrío sacudió todo su cuerpo.

—Por el amor de Dios —susurró con los labios pálidos—. ¿He dicho o hecho alguna insensatez? No me diga que he vuelto a...

—No —dije yo con suavidad—, pero lo que está claro es que debe dejar de jugar ahora mismo ¡Recuerde lo que le dijo el médico!

El doctor B. se levantó inmediatamente.

—Le ruego disculpe este error tan grosero —dijo, inclinándose ante Czentovic con toda la buena educación que había mostrado anteriormente—. Obviamente, lo que le he dicho es absurdo. Es usted quien ha ganado.

Después se volvió hacia nosotros:

—Señores, les pido disculpas también a ustedes. Pero ya les había advertido que no esperaran demasiado de mí. Perdonen este incidente ridículo, es la última vez en mi vida en la que pruebo a jugar al ajedrez.

Se inclinó de nuevo y se fue, del mismo modo misterioso y discreto como había aparecido la primera vez. Yo era el único que sabía por qué este hombre ya no volvería a tocar un ajedrez, mientras que los otros se quedaron allí, vagamente conscientes de haber escapado por los pelos de algo desagradable, e incluso peligroso.

—¡Maldito loco! —gruñó MacConnor, decepcionado.

Czentovic fue el último en abandonar su asiento y echó un último vistazo a la partida comenzada.

—Es una pena —dijo, magnánimo—. Ese ataque era bastante bueno. Para ser un aficionado, hay que admitir que ese señor es muy bueno.

24 HORAS
EN LA VIDA DE UNA MUJER

En la pequeña pensión de la Riviera en la que me alojaba entonces (diez años antes de la guerra), había estallado en nuestra mesa una violenta discusión que, en un momento, ya iba camino de convertirse en un furioso altercado, pues había pasado a incluir insultos y palabras de odio.

La mayoría de la gente tiene poca imaginación. Si presencian algo que afecte directamente su sensibilidad, aunque sea de poca importancia, se ven inmediatamente embargados por una pasión desmesurada. De manera que en esos momentos compensan, hasta cierto punto, su indolencia habitual con una vehemencia exagerada y fuera de lugar.

Y así fue en esta ocasión en nuestra sociedad de invitados bastante burgueses, que por lo general se entregaban pacíficamente a charlas triviales y bromas, y que la mayoría de las veces, en cuanto terminaba la comida, se dispersaban: el matrimonio alemán se iba a hacer turismo y fotografías, el regordete danés a practicar el monótono arte de la pesca, la distinguida dama inglesa volvía a sus libros, el matrimonio de italianos a hacer escapadas a Montecarlo, y yo a holgazanear en una silla del jardín o a trabajar. Pero esta vez todos estábamos pendientes unos de otros en esta feroz discusión, y si uno de nosotros se levantaba de repente, no era como de costumbre para despedirse cortésmente, sino en un arrebato de ardiente irritación que, como ya he indicado, adoptaba formas casi iracundas.

Es cierto que el acontecimiento que había excitado hasta tal punto a nuestra pequeña compañía era bastante singular. La pensión en que vivíamos los siete tenía el aspecto exterior de una villa independiente (¡ah!, la vista desde las ventanas sobre la costa rocosa era maravillosa), pero en realidad no era más que una dependencia menos costosa del gran hotel Palace y al que estaba unida directamente por el jardín, de modo que nosotros, los huéspedes de la pensión de al lado, vivíamos en contacto permanente con los huéspedes del Palace. Sin embargo, el día anterior, el hotel había sido escenario de un escándalo mayúsculo.

Resulta que, en el tren del mediodía, exactamente a las 12:20 horas (debo precisar la hora porque es importante, tanto para este episodio como para el tema de nuestra animada conversación), había llegado un joven francés que había alquilado una habitación con vistas al mar, lo que ya revelaba una situación económica holgada. Llamaba la atención para bien, no sólo por su discreta elegancia, sino sobre todo por su impresionante y agradable belleza: en medio de un estrecho rostro de jovencita, un sedoso bigote rubio acariciaba sus labios, con una cálida sensualidad. Sobre su blanquísima frente se rizaba un ondulado cabello castaño. Cada mirada de sus gentiles ojos era una caricia. Todo en él era tierno, halagador, amable, pero sin nada artificial o amanerado. De lejos, para ser sinceros, al principio se parecía un poco a una de esas figuras de cera rosa con pose sofisticada que, con un elegante bastón en la mano, encarnan el ideal de belleza masculina en los escaparates de los grandes almacenes de moda. Pero en cuanto se le miraba más de cerca, desaparecía cualquier impresión de fatuidad, porque en su caso —cosa rara— lo agradable de su aspecto era como una parte natural de su persona. A su paso, saludaba a todo el mundo con modestia y cordialidad, y era un verdadero placer ver cómo su gracia siempre dispuesta se manifestaba libremente en cada ocasión.

Si una señora se dirigía al guardarropa, él se apresuraba a buscarle el abrigo. Tenía para cada niño una mirada amistosa o un chascarrillo. Era a la vez sociable y discreto. En resumen, parecía uno de esos seres privilegiados a quienes el hábito de agradar a los demás con un rostro sonriente y un encanto juvenil les confiere un encanto especial. Su presencia era como un regalo para los huéspedes del Palace, en su mayoría ancianos y de salud precaria, y gracias a su comportamiento que desbordaba juventud, a su aspecto vivo y alerta, a esa frescura que la naturalidad encantadora confiere tan magníficamente a algunos hombres, se había ganado sin resistencia la simpatía de todos.

Dos horas después de su llegada, ya estaba jugando al tenis con las dos hijas del corpulento y acaudalado industrial lionés, Annette, de doce años, y Blanche, de trece. Y su madre, la refinada, delicada y muy reservada señora Henriette, observaba sonriendo dulcemente con qué coquetería inconsciente las dos niñas, totalmente novatas, flirteaban con el joven extranjero. Por la noche, nos observó durante una hora nuestra partida de ajedrez, contándonos algunas anécdotas simpáticas, sin molestarnos en absoluto mientras jugábamos. Dio varios paseos, bastante largos, por la terraza con la señora Henriette, cuyo marido, como siempre, jugaba al dominó con un amigo de negocios. Muy tarde, lo vi sosteniendo una conversación sospechosamente íntima con la secretaria del hotel, en la penumbra de la recepción.

A la mañana siguiente fue a pescar con mi socio danés, demostrando un asombroso conocimiento del tema. Luego departió largamente sobre política con el fabricante de Lyon, en lo que también demostró ser un agradable conversador, pues se oían las carcajadas del grueso señor por encima del ruido del mar. Después de comer (es absolutamente necesario para la comprensión de la situación que informe con precisión de todas estas fases de su agenda), pasó otra hora con la señora Henriette, tomando café juntos en el jardín. Volvió a jugar al tenis con sus hijas y charló en el salón con el matrimonio alemán. A las seis en punto, fui a enviar una carta y me lo encontré en la estación. Me saludó con aire apresurado y me dijo que tenía que disculparse porque le habían llamado de repente, pero que volvería dentro de dos días. De hecho, por la noche no estaba en el comedor, pero simplemente faltaba su persona física, pues en todas las mesas se hablaba de él y se alababa su carácter agradable y alegre.

Durante la noche, podían ser las once, estaba sentado en mi habitación terminando de leer un libro, cuando de repente oí, a través de la ventana abierta, gritos y llamadas preocupadas en el jardín, y se intuía cierta agitación en el hotel de al lado. Más por preocupación que por curiosidad, bajé inmediatamente, y me dirigí hacia allí, para encontrar a los huéspedes y al personal en un estado de gran ansiedad y emoción. La señora Henriette, cuyo marido, con su habitual puntualidad, estaba jugando al dominó con su amigo de Namur, no había regresado del paseo que daba todas las tardes por la playa, y se temía un accidente. Como un toro, aquel hombre corpulento, habitualmente tan pacífico, se precipitaba sin cesar hacia la orilla, y cuando su voz, alterada por la emoción, gritaba en la noche: «¡Henriette! ¡Henriette! ¡Henriette!», el sonido sonaba tan aterrador y atávico como el grito de una bestia gigantesca, golpeada hasta la muerte. Los camareros y los mozos subían y bajaban escaleras, despertaron a todos los clientes y llamaron a la Policía. Y en medio de todo este tumulto, aquel orondo personaje, con el chaleco desabrochado, se tambaleaba y caminaba pesadamente, clamando y gritando sin cesar en la noche, como totalmente desquiciado, un solo nombre: «¡Henriette! ¡Henriette!». Mientras tanto, las niñas se habían despertado en el piso de arriba y llamaban a su madre a través de la ventana en camisón.

Entonces sucedió algo tan espantoso que apenas es posible relatarlo, porque la naturaleza violentamente tensa, en momentos de crisis excepcional, suele dar a la actitud del hombre una expresión tan trágica que ni la imagen ni la palabra pueden reproducirla con la fuerza explosiva que tiene en la realidad. De pronto, el hombre gordo y pesado bajó las escaleras haciéndolas gemir bajo su peso, con el rostro completamente cambiado, cansado pero feroz. Llevaba una carta en la mano:

—¡Avisen a todo el mundo! —dijo con voz apenas inteligible para el jefe de personal—, que dejen de buscar, mi mujer me ha abandonado.

En la imagen de este hombre, que acababa de ser golpeado hasta la muerte, se veía un esfuerzo por controlarse, un esfuerzo de tensión sobrehumana ante toda esta gente que le rodeaba, que se agolpaba a su alrededor con curiosidad para mirarle y que de repente se apartaba llena de confusión, vergüenza y miedo. Aun así, le quedaron fuerzas para pasar tambaleándose junto a nosotros, sin mirar a nadie, y entrar en la sala de lectura apagando la luz. Entonces oímos cómo su cuerpo pesado y macizo se desplomaba de golpe en un sillón, y oímos un sollozo salvaje y animal, como sólo puede surgir de un hombre que nunca antes en su vida ha llorado.

Este dolor tan primario nos impactó a todos, incluso a los menos sensibles, con una potencia brutal. Ninguno de los mozos del hotel, ni ninguno de los huéspedes que habían acudido allí por curiosidad, se atrevió a arriesgar una sonrisa, ni siquiera una palabra de conmiseración. Mudos, uno tras otro, como avergonzados por aquel relampagueante arrebato de sentimientos, volvimos lentamente a nuestras habitaciones, dejando en la oscura habitación donde se encontraba a aquel hombre destruido que palpitaba y sollozaba completamente solo. Las luces del hotel se fueron apagando lentamente entre murmullos, susurros y ruidos débiles y agonizantes.

Es comprensible que un suceso tan sorprendente, ocurrido ante nuestros propios ojos, pudiera tener un fuerte efecto en personas acostumbradas al aburrimiento y a los pasatiempos despreocupados. Pero la discusión que estalló entonces con tanta vehemencia en nuestra mesa, y que casi degeneró en trifulca, si bien tuvo su punto de partida en este sorprendente incidente, fue realmente más una cuestión de principios opuestos y un airado choque de diferentes concepciones de la vida. De hecho, a raíz de la indiscreción de una camarera que había leído la carta (el marido, en su cólera impotente, la había tirado al suelo arrugada), pronto se supo que la señora Henriette no se había ido sola, sino que se había escapado con el joven francés (por el que la simpatía de la mayoría de la gente empezó a disminuir rápidamente). Después de todo, a primera vista, habría sido perfectamente comprensible que esta pequeña *madame Bovary* cambiara a su regordete y provinciano marido por un joven apuesto y distinguido. Pero lo que asombró a todos en la casa fue que ni el industrial, ni sus hijas, ni siquiera la señora Henriette habían visto nunca antes a ese *Lovelace,* por lo que, en consecuencia, una conversación de dos horas a altas horas de la noche en la terraza y una hora de café juntos en el jardín habían bastado para inducir a una mujer irreprochable de unos treinta y tres años a abandonar a su marido y a sus dos hijas de la noche a la mañana, para seguir a un joven elegante que era un completo desconocido para ella.

Nuestra mesa fue unánime en considerar este hecho, aparentemente inequívoco, como un engaño pérfido y una argucia de la pareja de enamorados: era obvio que la señora Henriette mantenía relaciones secretas con el joven desde hacía mucho tiempo y que este flautista de Hamelín sólo había venido para concretar los últimos detalles de la fuga, porque —así razonábamos— era absolutamente imposible que una mujer honrada, después de sólo dos horas de conocerse, huyera así en un visto y no visto. Pero a mí me divertía adoptar un punto de vista diferente, y defendí enérgicamente la posibilidad, e incluso la probabilidad, de tal suceso por parte de una mujer cuyos largos años de decepción y aburrimiento la habían preparado interiormente para convertirse en la presa de cualquier hombre atrevido. Como resultado de mi inesperada oposición, la discusión pronto se generalizó, y lo que hizo que fuera subiendo de tono fue que las dos parejas de cónyuges, alemana e italiana, se negaron con un desprecio verdaderamente ofensivo a admitir la existencia del *flechazo,* que no veían más que como una locura y una insípida fantasía romántica.

En resumen, es inútil relatar aquí en todos sus detalles el tormentoso curso de una disputa que duró desde la sopa hasta el postre, pues sólo los profesionales de la *table d'hôte* son ingeniosos, y los argumentos a los que se recurre en el fragor de una discusión que el azar suscita entre los comensales suelen ser poco originales, porque, por así decirlo, surgen sobre la marcha y sin mayor reflexión. También sería difícil explicar por qué nuestra discusión se tornó virulenta tan rápidamente. Creo que aquella irritación se debía a que, instintivamente, los dos maridos pretendían dejar fuera de toda duda que sus propias esposas estaban libres de la posibilidad de tales riesgos y deslices. Desgraciadamente, no se les ocurrió nada mejor que objetarme que sólo alguien que juzga el alma femenina sobre la base de las conquistas fortuitas y demasiado fáciles de un soltero podía hablar así. Esto empezó a irritarme, y ya cuando la señora alemana salpimentó este planteamiento diciendo que había, por una parte, mujeres dignas de tal nombre y, por otra, mujeres más ligeras de cascos, y que, según ella, la señora Henriette debía de ser una de estas últimas, perdí lo que me quedaba de paciencia y me mostré, yo también, agresivo. Declaré que esta negación del hecho indiscutible de que una mujer, en muchos momentos de su vida, puede ser dominada por poderes misteriosos más fuertes que su voluntad y su inteligencia, sólo ocultaba el miedo a nuestro propio instinto, el miedo a la parte demoníaca nuestra naturaleza, y que muchas personas parecían complacerse en juzgarse más fuertes, más morales y más inmaculadas que las personas «fáciles de seducir». A mí me parecía más honesto que una mujer siguiera libre y apasionadamente sus instintos, en lugar de, como suele ocurrir, engañar a su marido cerrando los ojos cuando está en sus brazos. Así lo expuse más o menos, y en la conversación, ya muy acalorada, cuanto más atacaban los demás a la pobre señora Henriette, más ardorosamente la defendía yo (¡de hecho, yendo mucho más allá de mi convicción más íntima!). Los dos matrimonios se tomaron este ardor como una provocación, y, como un cuarteto con poca armonía, se abalanzaron sobre mí todos a la vez con tal vehemencia que el viejo danés, que estaba sentado con aire jovial e indiferente con su reloj en la mano, como el árbitro de un partido de fútbol, se veía obligado de vez en cuando a golpear la mesa con el dorso huesudo de sus nudillos a modo de advertencia, diciendo: *Señores, por favor.*

Pero esta llamada al orden tenía un efecto pasajero, uno de los caballeros ya había amagado tres veces con irse de la mesa, rojo de furia, y a su mujer le había costado un mundo calmarlo y retenerlo. En resumen, diez minutos más, y nuestra discusión habría terminado a golpes, si la señora C. no hubiera calmado de pronto las espumosas olas de la conversación con unas palabras tranquilizadoras, que tuvieron un efecto balsámico.

La señora C., la distinguida anciana inglesa de pelo blanco, era tácitamente la presidenta de honor de nuestra mesa. Sentada muy erguida en su silla, mostraba hacia todos siempre la misma amabilidad. Hablaba poco y, sin embargo, era sumamente interesante y agradable de escuchar. Su sola apariencia era un festín para la vista: una calma y una contemplación admirables irradiaban de su ser con reserva aristocrática. Solía sentarse en el jardín con sus libros, otras veces tocaba el piano y sólo en contadas ocasiones se la veía en sociedad o enfrascada en animadas conversaciones. Apenas nos fijábamos en ella y, sin embargo, ejercía una singular autoridad sobre nosotros. En cuanto intervino por primera vez en nuestra discusión, todos tuvimos la dolorosa sensación de que habíamos hablado de manera agresiva y destemplada.

La señora C. había aprovechado el desagradable silencio provocado por el caballero alemán al levantarse bruscamente para restablecer la calma. Inesperadamente, levantó sus ojos grises y pálidos, me miró indecisa durante un momento para luego plantear el asunto desde su particular punto de vista.

—¿Cree, entonces, si le he entendido bien, que la señora Henriette, que una mujer puede, sin haberlo querido, lanzarse a una aventura repentina? ¿Qué, por lo tanto, hay actos que una mujer habría considerado imposibles una hora antes de cometerlos y de los que no se la puede hacer responsable?

—Lo creo absolutamente, señora.

—De ese modo cualquier juicio moral carecería por completo de valor, y cualquier violación de las leyes éticas estaría justificada. Si realmente admite que el *crime passionnel,* como dicen los franceses, no es un delito, ¿para qué queremos jueces? No hace falta mucha buena voluntad (y usted tiene una buena voluntad asombrosa —añadió, sonriendo ligeramente—) para descubrir en cada crimen una pasión y, gracias a esa pasión, una excusa.

El tono claro y al mismo tiempo casi juguetón de sus palabras me hizo un bien extraordinario. Imitando involuntariamente su argumentación objetiva, le contesté medio en broma, medio en serio:

—Los tribunales son sin duda más estrictos que yo en estas cuestiones, porque su misión es proteger implacablemente la moral y las convenciones establecidas, lo que les obliga a condenar en lugar de excusar. Pero, como particular, no veo por qué debería asumir el papel de fiscal por decisión propia. Prefiero el oficio de abogado defensor. Personalmente, me gusta más comprender a la gente que juzgarla.

La señora C. me miró un rato, directamente a la cara, con sus claros ojos grises, y vaciló. Yo ya temía que no me hubiera entendido muy bien y estaba a punto de repetirle en inglés lo que le había dicho, cuando, con aire grave, como si estuviera haciendo un examen, continuó con sus preguntas:

—¿No le parece despreciable u odioso que una mujer abandone a su marido y a sus hijos para seguir a un hombre cuyo amor aún no puede saber si es digno de ella? ¿Puede realmente excusar un comportamiento tan arriesgado y desconsiderado de una mujer que, después de todo, no es la más joven y que debería haber aprendido a respetarse a sí misma, aunque sólo fuera por el bien de sus hijos?

—Le repito, señora —insistí—, que soy reacio a juzgar o dictar sentencia en un caso así. Pero debo admitir que antes he exagerado un poco. Ciertamente, esta pobre señora Henriette no es ninguna heroína, ni siquiera tiene espíritu aventurero y desde luego no es ninguna *grande amoreuse*. Por lo que la conozco, no parece más que una mujer débil y corriente, si bien en cierta manera la respeto porque ha seguido valientemente su voluntad, aunque la compadezco porque me temo que, más pronto que tarde, acabará siendo profundamente desgraciada. Tal vez actuó tontamente. En todo caso se ha precipitado, pero su conducta no tiene nada de vil ni de ruin y, como ya he dicho, pienso que nadie tiene derecho a despreciar a esta pobre y desgraciada mujer.

—Y usted mismo, ¿sigue teniendo el mismo respeto, la misma consideración por ella? ¿No ve usted la diferencia entre la mujer honesta con la que estuvo anteayer y la que se fugó ayer con un completo desconocido?

—Ninguna diferencia. Ni la más mínima.

—*Is that so?*

Involuntariamente, habló en inglés, pues la conversación parecía interesarle singularmente. Y tras un breve momento de reflexión, sus ojos claros volvieron a mirarme, interrogantes:

—Y si mañana se encontrara con la señora Henriette, en Niza, por ejemplo, del brazo de este joven, ¿la saludaría igualmente?

—Desde luego.

—¿Y hablaría con ella?

—Desde luego.

—Y si... si estuviera casado, ¿le presentaría una mujer así a su esposa, como si nada hubiera pasado?

—Desde luego.

—*Would you really?* —volvió a decir en inglés, con incrédulo asombro.

—*Surely I would* —respondí, también en inglés, sin darme cuenta.

La señora C. guardó silencio. Parecía seguir sumida en sus pensamientos, y de pronto dijo, mirándome fijamente, como si estuviera asombrada de su propio valor:

—*I don't know if I would. Perhaps I would.*

Y llena de esa indescriptible seguridad con la que sólo los ingleses saben terminar una conversación abruptamente, pero sin que resulte grosero, se levantó y me ofreció su mano en un gesto amistoso. Gracias a su intervención se restableció la calma y, en nuestro interior, todos le agradecimos que, a pesar de haber estado enfrentados un momento antes, podíamos saludarnos con cortesía y veíamos como aquella atmósfera agresiva se disipaba entre bromas y comentarios jocosos.

Aunque nuestra discusión había terminado cortésmente, seguía existiendo una ligera frialdad entre mis adversarios y yo después de toda esta agitación. La pareja alemana se mostraba reservada, mientras que el italiano se divertía preguntándome una y otra vez en los días siguientes, con aire burlón si tenía noticias de la «cara signora Henrietta». Más allá de la cordialidad con que nos tratábamos, en nuestra mesa ya nunca nos volvimos a relacionar con la misma lealtad y franqueza.

La irónica frialdad de mis antiguos adversarios se hizo aún más sorprendente por la simpatía tan especial que la señora C. me había demostrado desde esta discusión. Ella que solía ser de la mayor discreción y que, fuera de las comidas, casi nunca se entregaba a la conversación con sus compañeros de mesa, encontró varias ocasiones para hablar conmigo en el jardín, y casi podría decir que me honraba al elegirme, pues la nobleza de sus modales confería a una conversación particular el carácter de un favor especial. Sí, para ser sincero, debo decir que realmente me buscaba, y aprovechaba todas las oportunidades para entablar conversación conmigo, y tan visiblemente que yo podría haber llegado a pensar otra cosa, de no haberse tratado de una anciana de pelo blanco. Pero cada vez que hablábamos así, nuestra conversación volvía inevitablemente al punto de partida, a la señora Henriette. La señora C. parecía encontrar un secreto placer en acusar de inmoral e indecorosa a esta mujer que había olvidado el camino recto. Pero, al mismo tiempo, parecía apreciar mi innegociable simpatía hacia aquella dama fina y delicada, y disfrutaba comprobando que sistemáticamente nada podía inducirme a negar aquella simpatía. Como ella siempre dirigía nuestras conversaciones en esa dirección, acabé no sabiendo cómo interpretar aquella misteriosa insistencia, que tenía un toque melancólico.

Esto se prolongó durante algunos días, cinco o seis, sin que ella dijera nada que arrojara luz sobre la razón por la que este tema de conversación había adquirido aquella importancia para ella, hasta que, durante un paseo, le dije por casualidad que mi estancia allí tocaba a su fin y que pensaba marcharme dos días después. Entonces su rostro, habitualmente tan apacible, adquirió de pronto una expresión extrañamente tensa, y la sombra de una nube pasó por sus ojos grises como el mar:

—Qué pena. Aún tendría mucho de qué hablar con usted —dijo.

Y a partir de ese momento, una cierta inquietud me reveló que, mientras hablaba, estaba pensando en otra cosa que la ocupaba y la distraía de nuestra conversación. Hasta que ese estado de ausencia pareció importunarla, porque tras un repentino silencio, me tendió de repente la mano y me dijo:

—Veo que no puedo expresar claramente lo que me gustaría decirle. Prefiero escribirle.

Y con paso más ligero de lo que acostumbraba, se dirigió al hotel.

En efecto, por la noche, poco antes de la cena, encontré en mi habitación una carta escrita con una letra enérgica y franca. Por desgracia, en mi juventud fui bastante descuidado con la correspondencia que recibía, así que no puedo reproducir el texto real de su carta —sólo puedo dar una idea aproximada de su contenido—, en la que me preguntaba si podía contarme un episodio de su vida.

Este suceso, decía la carta, había ocurrido hacía tanto tiempo que ya no formaba parte de su vida actual, por así decirlo, y el hecho de que yo me marchara pasado mañana le facilitaba hablar de algo que la había preocupado y atormentado durante más de veinte años. Así que, si no me importaba, me pedía que le concediera una hora.

Me fascinó extraordinariamente esta carta, cuyo contenido sólo he esbozado aquí. El hecho de estar escrita en inglés le confería un alto grado de claridad y firmeza. Sin embargo, no fue fácil responderla, y hube de romper tres borradores antes de contestar:

«Me honra que haya depositado tanta confianza en mí, y prometo responderle con la verdad si así me lo pide. Ni que decir tiene que es usted libre de contarme lo que desee. Pero sea lo que sea, dígame la verdad a mí y a usted misma. Sepa usted que considero su confianza un honor especial».

Esa noche, mi nota llegó a su habitación, y a la mañana siguiente encontré esta respuesta:

«Tiene usted toda la razón, la verdad a medias no vale nada, lo que vale es la verdad íntegra. Haré todo lo posible por no ocultarme nada a mí misma ni a usted. Venga a mi habitación después de cenar (a mis sesenta y siete años, no tengo que temer ninguna interpretación malpensada), porque en el jardín o en la proximidad de la gente, no puedo hablar. Créame, no me ha sido fácil decidirme».

Antes de que acabara el día, volvimos a vernos en la mesa y charlamos amistosamente de asuntos intrascendentes. Pero ya en el jardín, cuando se encontró conmigo, me evitó visiblemente incómoda. Fue a la vez doloroso y conmovedor ver a esta anciana de pelo blanco huir de mí, temerosa como una niña, a través del paseo de pinos.

Aquella noche, a la hora convenida, llamé a su puerta y me abrió inmediatamente. Sólo una pequeña lámpara sobre la mesa proyectaba un cono de luz amarilla en la habitación, que ya estaba sumida en una oscuridad crepuscular. Sin ningún pudor, la señora C. se acercó a mi, me ofreció un sillón y se sentó frente a mí, yo noté cómo cada uno de sus movimientos estaba estudiado. Entonces hubo una pausa, evidentemente involuntaria, la pausa que precede a una resolución difícil, una pausa que duró mucho, mucho tiempo, y que yo no me atrevía a interrumpir hablando, porque sentía cómo una fuerte voluntad luchaba enérgicamente contra una sólida resistencia. De vez en cuando, los sonidos debilitados e inconexos de un vals llegaban desde el salón de abajo, y yo los escuchaba con gran tensión mental, como para evadirme en lo posible de la opresión de aquel silencio.

A ella también pareció vencerla la crudeza antinatural de aquel silencio, pues de pronto se incorporó decididamente y comenzó:

—Lo que más cuesta es empezar a hablar. Llevo dos días preparándome para ser completamente clara y veraz y espero conseguirlo. Tal vez no comprenda usted todavía por qué le cuento todo esto precisamente a usted, que es un extraño para mí. Pero no pasa un día, apenas una hora de mi vida, sin que piense en este suceso, y créame usted si le digo que es insoportable permanecer estancada en un punto fijo la vida, en un solo día. Porque todo lo que voy a contarle ocupa un período de sólo veinticuatro horas en una vida de sesenta y siete años. Y muchas veces me he repetido hasta el delirio: «¡Qué importa si se tiene un momento de locura, sólo uno!». Pero uno no puede deshacerse de lo que llamamos, de manera muy vaga, conciencia. Así que, cuando le oí examinar el caso de la señora Henriette con tanta objetividad, pensé que tal vez esta absurda manera de mirar al pasado y esta incesante acusación que yo misma me hago a mí misma llegarían a su fin si me atreviera a hablar libremente con alguien sobre este asunto tan único para mí. Si, en lugar de anglicana, fuera católica, la confesión me habría dado hace tiempo la oportunidad de librarme de este secreto, pero ese consuelo nos es negado, y por eso hago hoy este extraño intento de absolución tomándole como confidente. Sé que todo esto es muy extraño, pero usted ha aceptado mi propuesta sin vacilar, y se lo agradezco.

Ya le he dicho que me gustaría contarle sólo un día de mi vida, el resto creo que no tiene ninguna importancia ni interés para nadie. Hasta los cuarenta y dos años mi vida fue de lo más normal. Mis padres eran ricos terratenientes en Escocia. Poseíamos fábricas y granjas. Vivíamos, a la manera de la nobleza de nuestro país, la mayor parte del año en nuestras tierras, y en Londres durante la *season*. A los dieciocho años conocí a mi marido en un club social. Era el segundo hijo de la famosa familia R. y había servido en el ejército en la India durante diez años. Nos casamos sin demora y vivimos la vida despreocupada de nuestra clase social, es decir, tres meses en Londres, tres meses en casa y el resto del tiempo de hotel en hotel por Italia, España y Francia. Nunca tuvimos problemas matrimoniales y los dos hijos que tuvimos son ahora hombres hechos y derechos. Yo tenía cuarenta años cuando mi marido murió repentinamente. Se había traído una enfermedad hepática de sus años en los trópicos: lo perdí al cabo de dos semanas atroces. Mi hijo mayor ya estaba en la universidad y el pequeño estaba en el internado, así que de un día para otro me quedé completamente sola, y esta soledad fue un terrible tormento para mí, acostumbrada a una convivencia afectuosa. Me parecía imposible permanecer un día más en aquella casa desierta, donde cada objeto me recordaba la trágica pérdida de mi amado esposo, así que decidí dedicar los siguientes años a viajar mucho, hasta que mis hijos se casaran.

Básicamente, a partir de ese momento consideré que mi vida no tenía rumbo ni sentido. El hombre con el que había compartido durante veintitrés años cada hora y cada momento había muerto. En cuanto a mí, ya no quería ni deseaba nada. Al principio fui a París, donde me paseaba ociosa por las tiendas y los museos, pero la ciudad y las cosas, todo me seguía siendo ajeno, evitaba a la gente, no soportaba las miradas de cortés compasión que inspiraban mis ropas de luto. Me sería imposible relatar hoy cómo transcurrieron aquellos meses de lúgubre y poco iluminado deambular, sólo sé que el deseo de morir seguía persiguiéndome, pero me faltaban las fuerzas para apresurar yo misma ese final dolorosamente deseado.

En el segundo año de mi viudez, es decir, en el cuadragésimo segundo año de mi vida, durante esta huida no reconocida de una existencia que ya no me interesaba, y en un intento de matar el tiempo, fui a Montecarlo en marzo. Sinceramente, fue por aburrimiento, para escapar de ese martirizante vacío del alma que nos hace sentir náuseas y nos hace buscar remedio en los pequeños estímulos externos. Cuanto menos viva estaba mi sensibilidad en sí misma, más sentía la necesidad de lanzarme allí donde el torbellino de la vida es más rápido. Quien ya no siente nada vive sólo de los impulsos, de la agitación apasionada de los demás, como sucede en el teatro o en la música.

Por eso iba a menudo al casino. Me emocionaba ver pasar olas de felicidad o de abatimiento por los rostros de los demás, mientras que en mi interior había una espantosa marea muerta. Además, mi marido, aunque no era un calavera, sí que era bastante aficionado a ir a los salones de juego y, guiada por una especie de piedad espontánea, yo continué siendo fiel a sus viejos hábitos. Ese fue el comienzo de aquellas veinticuatro horas que fueron más conmovedoras que cualquier juego del mundo y que cambiaron mi destino para los años venideros.

Ese mediodía había almorzado con la duquesa de M., pariente de mi familia. Después de cenar, aún no me sentía lo bastante cansada para irme a la cama. Así que entré en la sala de juegos, deambulando de mesa en mesa, sin jugar yo misma, y observando a los jugadores de una manera especial. Digo «de un modo especial» porque ése era el modo en que me enseñó a observar mi difunto marido un día en que me quejaba de que me aburría mirar una y otra vez las mismas caras de viejas que se pasan horas sentadas antes de arriesgar una ficha, profesionales astutos y «cocottes», toda esta turbia sociedad, que, como usted sabe, es mucho menos pintoresca y romántica de lo que siempre se pinta en esas novelas de medio pelo en las que se la presenta como la flor y nata de la elegancia, y como la aristocracia de Europa. Y estoy hablando de hace veinte años, cuando todavía entraba dinero a raudales, cuando los billetes turgentes, los napoleones de oro y las grandes monedas de cinco francos se apiñaban sobre las mesas, y cuando el casino era infinitamente más interesante que hoy, cuando, en esta pomposa ciudadela del juego reconstruida al estilo moderno, un público aburguesado de viajeros de la agencia Cook malgasta con aburrimiento sus fichas desprovistas de personalidad. Sin embargo, igualmente en aquella época encontraba muy poco encanto en esta monotonía de rostros indiferentes, hasta que un día mi marido (cuya pasión particular era la quiromancia, la interpretación de las líneas de la mano) me señaló una forma muy especial de mirar, que era en verdad mucho más interesante, mucho más excitante y cautivadora que permanecer allí indolentemente. Consistía en no mirar nunca una cara, sino sólo el rectángulo de la mesa y, en ese punto, sólo las manos de los jugadores, nada más que su propio movimiento.

Ignoro si usted se ha centrado alguna vez en contemplar justo el tapete verde en cuyo centro la bola se tambalea de número en número como un borracho, y donde, dentro de sus marcas cuadradas, se arremolinan trozos de papel, piezas redondas de plata y oro que caen como semillas que el rastrillo del crupier recoge luego con un barrido certero, como segando, o las empuja como una gavilla hacia el ganador. Lo único que varía en esta perspectiva son las manos, todas ellas, claras, inquietas, o expectantes alrededor del tapete verde. Todas parecen estar al acecho surgiendo de la madriguera que forma su manga, pero son de diferentes colores y formas, algunas desnudas, otras armadas con anillos y cadenas traqueteantes; algunas peludas como bestias salvajes, otras flexibles y brillantes como anguilas, pero todas nerviosas y vibrando con inmensa impaciencia.

A mí me recordaba un hipódromo, donde, en la salida, los caballos excitados son meticulosamente sujetados para que no se desboquen antes del momento oportuno, pues así es exactamente como tiemblan, se levantan y se encabritan. Su naturaleza la delata la forma en que esperan, se agarran y se sujetan: las que parecen garras corresponden al hombre codicioso, las suaves, al pródigo, las tranquilas, al calculador, y las temblorosas, a un hombre desesperado. Cientos de caracteres se revelan así, con la velocidad del rayo, por su forma de tomar el dinero, ya sea que uno lo arrugue, otro lo esparza nerviosamente o que, agotado, otro deje rodar las monedas sobre el tapete con mano indolente. Sé que lo de que un hombre se retrata en el juego es una afirmación muy repetida, pero yo diría que más aún lo retratan sus manos durante el juego. Porque todos o casi todos los que juegan a juegos de azar aprenden pronto a controlar la expresión de su rostro: desde el cuello de la camisa hacia arriba llevan la fría máscara de la impasibilidad, reprimen los pliegues que se forman alrededor de su boca, ocultan sus emociones tras sus dientes apretados, eliminan el reflejo de su preocupación en sus propios ojos y dan a su rostro una apariencia tersa, llena de una artificial indiferencia que pretende ser elegante. Pero precisamente porque toda su atención se concentra convulsivamente en esta labor de ocultar lo más visible de su persona, es decir, su rostro, se olvidan de sus manos, se olvidan de que hay personas que sólo observan esas manos y que adivinan, gracias a ellas, todo lo que el labio con el pliegue sonriente y las miradas fingiendo indiferencia tratan de ocultar más arriba. Sus manos traicionan sin pudor sus sentimientos más secretos. Porque inevitablemente llega un momento en que todos esos dedos, dolorosamente contenidos y aparentemente dormidos, salen de su indolente ligereza en el segundo decisivo en que la bola de la ruleta cae en su casillero.

Y cuando se está acostumbrado a observar este espectáculo de las manos, como yo lo estuve, iniciada hace mucho tiempo gracias a esta fantasía de mi marido, se encuentra más excitante que el teatro o la música este modo súbito, constantemente diferente y siempre imprevisible en el que se delatan temperamentos, siempre nuevos. No puedo describirle en detalle las miles de actitudes que hay en las manos, durante el

81

juego. Unas son bestias salvajes, con dedos peludos y ganchudos que agarran el dinero como arañas, otras son nerviosas, temblorosas, con uñas pálidas que apenas se atreven a tocarlo, otras son nobles o traviesas, brutales o excitantes, otras astutas a la par que torpes, pero cada una tiene su forma particular de ser, porque cada uno de estos pares de manos expresa una vida diferente, con excepción de las manos de los crupieres. Éstas son verdaderas máquinas, con su precisión objetiva y profesional, completamente neutra en contraste con la vida exaltada de las anteriores, funcionan como los peines de acero de un telar. Pero ellas mismas, estas manos tan diferentes, producen un efecto asombroso en contraste con sus apasionadas congéneres, que están todas a la caza: van, si se me permite decirlo, uniformadas, como los policías en medio del tumulto y la exaltación de un pueblo alborotado.

Añádase a esto el placer personal que hay, después de algunas veladas, en familiarizarse con los muchos hábitos y pasiones de ciertas manos. Yo, al cabo de pocos días, no había dejado de hacer nuevos conocidos entre ellas, y las clasificaba, como a los seres humanos, en simpáticas y antipáticas. Varias de ellas me desagradaban tanto por su tosquedad y avaricia, que siempre apartaba los ojos de ellas, como si fueran algo indecente. Pero cada nueva mano que aparecía en la mesa era para mí un acontecimiento y una curiosidad. A menudo me olvidaba de mirar el rostro correspondiente que, permanecía inmóvil sobre el cuello, como una fría máscara social, por encima de una camisa de esmoquin o un escote reluciente.

Así que esa noche, al entrar en el casino, después de pasar por delante de dos mesas más que abarrotadas y acercarme a una tercera, justo cuando ya estaba preparando algunas monedas de oro, oí con sorpresa, en ese momento de pausa totalmente silenciosa, llena de tensión y en la que el silencio parece vibrar, que siempre se produce cuando la bola, ya casi al final de su recorrido, ya sólo oscila entre dos números, oí justo delante de mí un ruido muy singular, un crujido y un chasquido, como de articulaciones rompiéndose. Instintivamente miré asombrada al otro lado del tapete. Y allí vi (¡de verdad, me asusté!) dos manos como nunca había visto antes, una mano derecha y una mano izquierda que estaban agarradas entre sí como animales que se muerden, y que se enfrentaban de una manera tan feroz y convulsiva que las articulaciones de las falanges crujían con el sonido seco de una nuez al partirse.

Eran manos de una belleza muy rara, extraordinariamente largas, extraordinariamente delgadas, y sin embargo, recorridas por músculos muy rígidos. Unas manos muy blancas, con uñas pálidas, nacaradas, delicadamente redondeadas en el extremo. Pues bien, toda la tarde me quedé mirándolas, sí, las miré y no dejaron de sorprenderme una y otra vez aquellas manos verdaderamente únicas. Pero lo que primero me sorprendió de un modo tan aterrador fue su fervor, su expresión locamente apasionada, esa forma convulsiva de abrazarse y luchar entre sí. Me di cuenta enseguida de que se trataba de un hombre rebosante de energía, que concentraba toda su pasión en las yemas de los dedos para que no explotara todo su ser. Y entonces... en el segundo en que la bola cayó en el agujero con un fuerte golpe y el crupier gritó el número... en ese segundo las dos manos se separaron de repente la una de la otra, como dos animales alcanzados de muerte por la misma bala.

Ambas cayeron hacia atrás, verdaderamente muertas y no sólo exhaustas. Cayeron hacia atrás con una expresión tan marcada por el abatimiento y la desilusión, como si estuvieran locas y al límite de sus fuerzas, que mis palabras no alcanzan a describirlo. Porque nunca antes, y nunca después, he visto unas manos tan elocuentes, donde cada músculo era como una boca y donde la pasión se expresaba, tangible, por casi todos los poros.

Por un momento, yacieron juntas sobre el tapete verde, como medusas arrastradas a la orilla, pisoteadas y muertas. Entonces una de ellas, la mano derecha, empezó a levantar las puntas de los dedos con dificultad. Temblaba, se doblaba, giraba en redondo, vacilaba, hacía un círculo y finalmente agarraba nerviosa una ficha que hacía rodar perpleja entre las puntas del pulgar y el índice, como una ruedecita. De repente, la mano se arqueó como una pantera traicionera y arrojó, o más bien casi escupió, la ficha de cien francos que sostenía al centro de la casilla negra. Inmediatamente, como a una señal, la agitación se apoderó de su mano izquierda, que había permanecido inerte. Se recuperó, se deslizó, incluso se arrastró, por así decirlo, hacia su temblorosa hermana, a quien su gesto parecía haber cansado, y ambas temblaban ahora una junto a la otra; ambas, como dientes que en el temblor de la fiebre tiritan ligeramente unos contra otros, golpeaban sordamente la mesa con los nudillos. No, nunca antes había visto manos con una expresividad tan extraordinaria, una forma tan espasmódica de agitación y tensión. En aquel gran salón, todo lo demás, el murmullo que llenaba los salones, los ruidosos gritos de los crupieres, el ir y venir de la gente y el de la propia bola, que ahora, lanzada desde arriba, rebotaba como una posesa en su redonda jaula pulida como parqué, toda esta maraña de impresiones enredándose y sucediéndose unas a otras en un revoltijo y alterando los nervios, todo esto me pareció de pronto algo muerto, mudo e inmóvil, al lado de aquellas dos manos temblorosas, jadeantes, como sin aliento, que esperaban, temblaban y se estremecían, aquellas dos manos inauditas que me tenían fascinada y monopolizaban toda mi atención.

Pero al fin no pude resistir más: tenía que ver al hombre, ver la figura a la que pertenecían aquellas manos malignas y, ansiosamente (¡sí, con verdadera ansiedad, porque aquellas manos me asustaban!) mi mirada se deslizó lentamente por las mangas hasta los estrechos hombros. Y de nuevo me sobresalté, porque la figura hablaba el mismo lenguaje frenético y fantásticamente sobreexcitado que las manos. Tenía la misma expresión de feroz determinación y la misma belleza delicada, casi femenina. Nunca había visto un rostro así, pegado, por decirlo así, a la persona y casi separado de ella, como para vivir con vida propia, para dar paso a la exacerbación más completa. Entonces tuve una excelente oportunidad de examinarlo a placer, como una máscara, como una especie de obra plástica sin mirada. La pupila, rígida y negra, era como una bola de cristal sin vida bajo los anchos párpados, en ellos bailaba el reflejo resplandeciente de aquella otra bola de color caoba que rodaba y saltaba loca e insolente sobre las casillas de la ruleta. Nunca, insisto, había visto un rostro tan exaltado y fascinante. Era de un hombre joven, de unos veinticuatro años. Era delgado, delicado, un poco alargado y por eso tan expresivo. Al igual que las manos, no era especialmente viril, sino que parecía más bien el de un muchacho apasionado. Aunque yo no me di cuenta de todo eso hasta más tarde, porque de repente aquel semblante desapareció por completo bajo una sorprendente expresión de codicia y furia. La delgada boca, abierta y ardiente, dejaba medio al descubierto los dientes: a una distancia de diez pasos, los veía entrechocar febrilmente, mientras los labios permanecían congelados y entreabiertos. Un mechón de pelo rubio, húmedo y luminoso, estaba pegado a la frente, caía hacia delante como despeñándose, y las fosas nasales se dilataban en un temblor constante, como si pequeñas olas invisibles batieran bajo la piel. Y aquella cabeza, se inclinaba inconscientemente cada vez más hacia delante, como arrastrada por el remolino de la bolita. Sólo entonces comprendí el convulsivo temblor de sus manos, sólo mediante esta contrapresión, sólo por esta contracción, el cuerpo arrancado de su centro de gravedad seguía manteniendo el equilibrio.

Nunca antes (lo repetiré una y mil veces) había visto un rostro del que brotara la pasión tan abiertamente, tan bestialmente, de manera tan impudorosamente desnuda, y me vi completamente entregada a custodiar aquella expresión de la misma manera que su atención estaba atrapada por los saltos caprichosos de aquella bolita. A partir de aquel momento, dejé de echarle cuenta a nada de lo que había en la sala. Todo me pareció aburrido, apagado y desvaído, todo me pareció oscuro comparado con el fuego que crepitaba en aquel rostro y, sin prestar atención a nadie más, observé durante quizá una hora a aquel único hombre y a cada uno de sus movimientos. Un resplandor brutal iluminó sus ojos, la convulsa bola que formaban sus manos se rasgó de pronto como alcanzada por una detonación, y los dedos se extendieron violentamente, estremeciéndose, cuando el crupier arrojó veinte monedas de oro hacia su ávido abrazo.

En ese segundo, el rostro se iluminó de repente y rejuveneció por completo. Las arrugas desaparecieron, los ojos empezaron a brillar, el cuerpo, contraído hacia delante, se irguió, claro y ligero; se había vuelto flexible como un jinete llevado por el sentimiento del triunfo. Los dedos hicieron sonar las monedas redondas con vanidad y amor, las hicieron resbalar unas contra otras, las hicieron bailar y tintinear como en un juego. Luego volvió a girar la cabeza con preocupación, escudriñó el tapete verde como con el olfato de un joven sabueso que busca el rastro bueno, y de pronto, con un gesto rápido y nervioso, vertió todo el puñado de monedas de oro sobre uno de los cuadrados.

E inmediatamente comenzó de nuevo aquella actitud vigilante, aquella tensión. De nuevo los labios comenzaron a moverse palpitando guiados por impulsos eléctricos, de nuevo las manos se contrajeron, la figura infantil desapareció tras la ansiedad del deseo, hasta que, como una explosión, la decepción disolvió toda aquella tensión y crispación. El rostro, que un momento antes había parecido el de un niño, se desvaneció, se volvió apagado y viejo. Los ojos se apagaron y se hundieron, todo aconteció en el espacio de un solo segundo, mientras la bola se fijaba en un número que él no había elegido. Había perdido y durante unos segundos se quedó mirando, como embobado, como si no hubiera entendido lo que acababa de ocurrir. Pero con la misma rapidez, a la primera llamada del crupier, como estimulado por un látigo, sus dedos volvieron a agarrar unas cuantas monedas de oro. Primero colocó las monedas en un cuadrado, luego, cambiando de idea, en otro y, mientras la bola ya giraba, impelido por una nueva inspiración, lanzó con mano temblorosa otros dos billetes arrugados.

Esta alternancia, estos vaivenes palpitantes de pérdida y ganancia, duraron sin interrupción cerca de una hora y, durante esa hora, ni siquiera me aparté para suspirar, fascinada por aquel rostro en continua transformación, donde todas las pasiones fluían y refluían. No podía apartar los ojos de ellas, de esas manos brujas en las que cada músculo plasmaba toda la escala de sentimientos que suben y bajan como chorros de agua. Jamás en el teatro había yo escrutado el rostro de un actor con tanto interés como aquel rostro, donde los colores y las sensaciones más cambiantes se sucedían sin cesar, a trompicones, como la luz y las sombras en un desfile infinito. Nunca antes me había sumergido tan completamente en un juego como en la expresión de aquella pasión ajena. Si alguien me hubiera estado observando en ese momento, habría confundido mi mirada fija e intensa con un estado de hipnosis, pues eso era lo que parecía mi completo entumecimiento. No podía apartar la mirada de aquel juego de expresiones y todo lo que ocurría en la habitación, la luz, las risas, la gente y las miradas, flotaba a mi alrededor como algo sin forma, como un humo amarillo en medio del cual surgía aquel rostro como una llamarada sobre el fuego. No oía nada, no olía nada, no podía ver a la gente que se agolpaba a mi alrededor, ni las otras manos que de pronto se extendían como antenas para arrojar dinero o para recogerlo a puñados. No podía ver la bola ni oír la voz del crupier, y, sin embargo, podía ver, como en un sueño, todo lo que ocurría, amplificado y magnificado por la emoción y la exaltación, en el espejo cóncavo de aquellas manos. Porque para saber si la bola estaba en rojo o en negro, rodando o deteniéndose, no necesitaba mirar la ruleta, porque cada fase, pérdida o ganancia, expectativa o decepción, se imprimía en trazos ardientes en los nervios y expresiones de aquel rostro dominado por la pasión.

Pero entonces llegó un momento terrible, un momento que había estado temiendo todo aquel tiempo, un momento que se cernía como una tormenta sobre mis tensos nervios y terminó por hacerlos saltar por los aires. Una vez más, la bola había ido amortiguando su claqueteo en su carrera circular. Una vez más, aquel segundo detuvo el tiempo y durante el mismo doscientos labios contuvieron la respiración, hasta que la voz del crupier anunció, esta vez, «cero», mientras su apresurado rastrillo recogía ya por todos lados las monedas que sonaban y el papel que crujía.

En ese momento, las dos manos contraídas hicieron un movimiento particularmente espantoso, saltaron como si quisieran agarrar algo que no estaba allí, y luego cayeron, casi agonizantes, sobre la mesa, como una masa inerte. Entonces, súbitamente, volvieron a la vida, corrieron febrilmente de la mesa al cuerpo del que formaban parte, trepando como fieras por el tronco, registrando nerviosas todos los bolsillos, arriba, abajo, a derecha e izquierda, para ver si aún quedaba una última migaja, una moneda olvidada en alguna parte. Pero siempre volvían vacías y retomaban aquella búsqueda vana e inútil, mientras ya la ruleta giraba de nuevo, el juego de los otros continuaba, las monedas tintineaban, los asientos se movían y el rumor de mil ruiditos llenaba la habitación. Me estremecí de horror, pues yo participaba involuntariamente de todas estas sensaciones, como si fueran mis propios dedos los que buscaran desesperadamente alguna moneda de plata en los bolsillos y pliegues de aquella ropa arrugada. Y entonces, con una brusca sacudida, el hombre se puso de pie frente a mí, como alguien que de repente se siente mal y tiene que levantarse para no asfixiarse, derribando hacia atrás la silla que cayó con un ruido sordo, pero sin reparar en ello ni en los vecinos que, atónitos y preocupados, se apartaban de aquel hombre tambaleante. Se alejó de la mesa con paso pesado.

Me quedé petrificada al verlo. Porque enseguida comprendí adónde iba ese hombre: a la muerte. Alguien que se levanta así ciertamente no es para regresar al hotel, a un cabaré, a la casa de una mujer, a un compartimento de tren, a ninguna de las situaciones de la vida, sino que se precipita directamente a la nada. Cualquier persona en aquella sala infernal por insensible que fuera habría reconocido que este individuo ya no tenía de dónde obtener más fondos, ni de casa, ni de un banco, ni de familiares, porque había ido allí a jugarse hasta su último franco y hasta su propia vida, y que ahora, con aquel revés, se iba a otra parte, a no se sabe exactamente qué parte, pero sin duda situada fuera de la existencia.

Había temido desde el principio (y desde el primer momento lo había sentido mágicamente) que se estaba jugando algo más grande que la ganancia y la pérdida y, sin embargo, me atravesó un rayo negro cuando vi que la vida había abandonado repentinamente los ojos de aquel hombre, y que la muerte había impuesto una tez lívida en un rostro que un momento antes rebosaba aún de energía. Tan poseída estaba yo por su extraordinaria expresividad, que tuve que agarrarme a la mesa mientras el hombre luchaba por levantarse de su asiento y se tambaleaba, pues su andar tambaleante atravesaba ahora mis entrañas, igual que antes su excitación había entrado en mis venas y mis nervios. Pero entonces algo más fuerte que yo *tiró de mí,* involuntariamente comencé a caminar. De una manera inconsciente, me apresuré a salir como movida por algo dentro de mí, sin prestar atención a nadie ni ser consciente de mis propios movimientos.

Él estaba en el guardarropa, y el empleado le había traído su abrigo. Pero sus brazos ya no le obedecían, así que el dependiente, muy impaciente, le ayudó, como a un tullido, a ponerse las mangas con dificultad. Le vi meter mecánicamente la mano en el bolsillo del chaleco para dar una propina, pero después de palpar hasta el fondo, salió vacía. Entonces, de repente, pareció recordarlo todo y balbuceó unas palabras avergonzadas al dependiente, e igual que antes, dio un brusco tirón hacia delante, y luego, como un borracho, bajó dando tumbos los escalones del casino, mientras el dependiente le miró un momento más con una sonrisa al principio despectiva, después comprensiva.

La escena era tan sobrecogedora que me avergoncé de estar allí. Instintivamente me di la vuelta, avergonzada de haber visto, como en el balcón de un teatro, la desesperación de un desconocido. Hasta que esa angustia incomprensible que sentía me instó a seguirle. Rápidamente hice que me dieran mi abrigo y sin pensar en nada concreto, de forma bastante mecánica, bastante instintiva, me lancé a la oscuridad, tras los pasos de aquel hombre.

La señora C. interrumpió un momento su relato. Todo el tiempo había permanecido inmóvil en su asiento frente a mí, y había hablado casi de inmediato con esa calma y claridad que la caracterizaban, como sólo puede hacer alguien que se ha preparado para ello y que ha ordenado cuidadosamente los acontecimientos. Era la primera vez que se detenía, que vacilaba y de pronto, abandonando su relato, se dirigió directamente a mí:

—Me he prometido a mí misma y también a usted que le contaría con absoluta sinceridad todo lo sucedido. Pero, asimismo, debo exigirle que tenga plena fe en mi sinceridad y que no atribuya a mi forma de actuar motivos ocultos, de los que hoy quizá no me avergonzaría, pero que en este caso serían una suposición totalmente errada. Debo, pues, señalar que, cuando seguí apresuradamente por la calle a aquel jugador hundido, no estaba, por ejemplo, enamorada en modo alguno de aquel muchacho. No pensaba en él como en un hombre y, de hecho, yo, que era entonces una mujer de más de cuarenta años, nunca más, después de la muerte de mi marido, volví a lanzar una sola mirada a un hombre. Aquello era cosa del pasado para mí, se lo digo expresamente, y tengo que decírselo, porque de otro modo todo lo que sigue le resultaría ininteligible en su horror.

A decir verdad, me resultaría difícil describir con precisión la sensación que tan irresistiblemente me llevó a seguir a aquel desgraciado: había algo de curiosidad, pero sobre todo un miedo terrible o, para decirlo mejor, el miedo a algo terrible, que yo había sentido desde el primer momento cernirse, invisible, como una nube alrededor de aquel joven. Pero tales impresiones no pueden analizarse ni diseccionarse, sobre todo porque se producen, entrelazadas, con demasiada violencia, rapidez y espontaneidad.

¿Cómo si no explicaríamos la acción absolutamente instintiva que realizamos para rescatar y sujetar a un niño que está a punto de arrojarse bajo las ruedas de un coche en marcha en la calle? ¿De qué otro modo se explicaría que personas que ni siquiera saben nadar salten desde lo alto de un puente para ayudar a alguien que se está ahogando? Es sencillamente una fuerza mágica la que les impulsa, una voluntad que les empuja a lanzarse al agua antes de que tengan tiempo de pensar en la insensatez de su empresa. Y así fue exactamente como, sin pensarlo, sin reflexionar y de forma totalmente inconsciente, seguí a aquel desgraciado desde la sala de juegos hasta la salida, y desde la salida hasta la terraza.

Y estoy convencida de que ni usted ni nadie que tenga ojos en la cara habría sido capaz de sustraerse a esa curiosidad, pues no se puede imaginar nada más lamentable que la imagen de aquel joven, de no más de veinticuatro años, arrastrándose desde las escaleras hasta la calle como un anciano, tambaleándose como un borracho, con los miembros flácidos y rotos. Se dejó caer pesadamente sobre un banco, como un saco. De nuevo, este movimiento me hizo estremecer al sentir que este hombre estaba al final de sus fuerzas. Sólo un muerto cae así, o alguien en quien no queda ni un músculo vivo. La cabeza, ladeada, cayó hacia atrás sobre el respaldo del banco, los brazos colgaban inertes e informes hacia el suelo. En la penumbra de los faroles con sus llamas brillantes, cualquier transeúnte habría pensado que le habían disparado. Y así fue como (no puedo explicar cómo se formó de pronto en mí esta visión, pero apareció, nítida, con una realidad horrible y aterradora), así fue como, bajo la apariencia de un fusilado, lo vi ante mí un segundo y tuve la ciega certeza de que llevaba un revólver en el bolsillo y de que al día siguiente encontrarían aquel cuerpo tendido en aquel banco o en otro, sin vida y empapado en sangre. Porque la forma en que se había dejado caer era como una piedra cayendo a un abismo que no se detiene hasta llegar al fondo. Nunca había visto un ademán que expresara tanto cansancio y desesperación.

Y ahora imagine mi situación: estaba a veinte o treinta pasos detrás del banco donde estaba sentado este hombre inerte, desplomado sobre sí mismo, contenida por la timidez de dirigirme a un desconocido en la calle, un miedo que nos inculca nuestra educación y la tradición. Muy pocos transeúntes pasaban por allí, pues era casi medianoche y, por tanto, estaba casi sola en aquel jardín público con este hombre que parecía un suicida.

Cinco o diez veces ya había hecho acopio de todas mis fuerzas y había ido hacia él, pero el pudor siempre me detenía, o tal vez ese instinto, ese profundo presentimiento que nos dice que los que caen suelen arrastrar a los que acuden en su ayuda. En medio de esta vacilación, yo misma sentía claramente la locura y lo ridículo de la situación. Sin embargo, no podía ni hablar, ni marcharme, ni hacer nada, ni dejarle. Y espero que me crea si le digo que me quedé así en aquella terraza, yendo y viniendo sin saber qué decisión tomar, tal vez durante una hora, una hora interminable, mientras las olas del mar mordisqueaban el tiempo con sus miles de pequeños latidos, pues así de sobrecogedora y penetrante resultaba esta imagen de la completa aniquilación de un ser humano.

Pero, a pesar de todo, no encontraba valor para hablar ni para actuar, y me habría quedado media noche esperando así, a menos que tal vez un egoísmo más inteligente me hubiera llevado finalmente a volver a casa. Sí, incluso creo que ya había decidido abandonar a este miserable pagano a su suerte, cuando algo superior a mí triunfó sobre mi indecisión. Empezó a llover. A lo largo de la tarde, el viento ya había acumulado sobre el mar pesadas y vaporosas nubes primaverales y se podía sentir con los pulmones y el corazón, que el cielo era pesado y opresivo. De repente, una gota de lluvia golpeó el suelo y inaugurando una copiosa lluvia que caía en pesadas láminas de agua azotadas por el viento. Sin pensarlo, me refugié bajo el toldo de un quiosco y, aunque tenía el paraguas abierto, las ráfagas de lluvia caían sobre mi vestido. Incluso en la cara y las manos notaba el polvo frío que levantaban las gotas que caían al suelo con un golpe seco.

Pero (y fue una visión terrible hasta el punto de que aún hoy, veinte años después, se me hace un nudo en la garganta al pensarlo), a pesar de aquel aguacero torrencial, el desdichado muchacho permanecía inmóvil en su banco. El agua caía a cántaros y chorreaba por todos los canalones, desde la ciudad se oía el rugido de los coches, por todos lados la gente con los abrigos subidos salía corriendo, todo ser vivo se hacía pequeño, huía temeroso, buscaba refugio, por todas partes, hombres y animales mostraban su pavor ante el elemento desatado, excepto aquel bulto negro en su banco que no se movió ni un milímetro.

Ya le he descrito como este hombre poseía la capacidad física de expresar sus sentimientos a través del movimiento y el gesto, pero nada, nada en la tierra podría haber transmitido aquella desesperación, aquel abandono absoluto de su persona, aquella muerte en vida, de una manera tan impactante como aquella inmovilidad, aquella manera de sentarse allí, incrte e insensible bajo la lluvia batiente, aquel cansancio que le impedía levantarse y dar los pocos pasos necesarios para ponerse bajo algún tipo de refugio, aquella indiferencia suprema hacia su propia existencia. Ningún escultor, ningún poeta, ni Miguel Ángel, ni Dante, me ha hecho comprender el gesto de la desesperación suprema, la miseria suprema de la tierra de una manera tan conmovedora y poderosa como este ser vivo que se dejaba vapulear por el huracán, ya demasiado indiferente, demasiado cansado para protegerse con un solo movimiento.

No pude evitarlo. De un salto, me coloqué bajo los mordaces chorros de lluvia y sacudí aquel bulto humano, empapado, sobre el banco.

—¡Vamos! —le agarré por el brazo. Un ser indefinible me miró con dolor. Algún tipo de movimiento parecía querer arrancar lentamente en él, pero no entendía lo que le decía.

—¡Venga! —volví a tirar de la manga mojada, esta vez casi enfadada.

Entonces se levantó lentamente, con poca fuerza de voluntad y tambaleándose.

—¿Qué quiere? —preguntó.

No supe qué responder, porque ni yo misma sabía adónde ir con él. Lo único que intentaba era sacarlo de aquella lluvia, de aquella indiferencia insensata y suicida que le hacía mantenerse en la más profunda desesperación. No le solté el brazo, seguí arrastrando aquella piltrafa humana sin voluntad propia, hasta el quiosco cuyo tejadillo le protegería al menos parcialmente de los furiosos ataques del líquido elemento que el viento azotaba salvajemente. Más allá de eso, no sabía nada ni quería nada. Al principio sólo había pensado en una cosa: poner a este hombre a cubierto, en un lugar seco.

Y allí estábamos, los dos uno junto al otro, en aquel pequeño espacio resguardado, con la pared cerrada del quiosco a nuestras espaldas y a resguardo de aquel tejadillo, que era demasiado pequeño, y bajo el cual la implacable lluvia penetraba sin tregua para enviar jirones dispersos de frío líquido sobre nuestras ropas y rostros en repentinas ráfagas. La situación se estaba volviendo insoportable, yo no podía quedarme más tiempo junto a aquel desconocido chorreante. Por otro lado, después de arrastrarlo hasta allí conmigo, no podía dejarlo allí sin más. Había que hacer algo; poco a poco se me ocurrió una idea clara. Lo mejor, pensé, sería llevarlo a su casa en un coche y volver a mi casa y al día siguiente él ya podría valerse por sí mismo. Y así se lo planteé a aquel hombre que permanecía inmóvil a mi lado, con la mirada perdida en la noche furiosa:

—¿Dónde vive usted?

—No vivo en ningún sitio... He venido de Niza esta misma tarde... No podemos ir a mi casa.

No entendí inmediatamente la última frase. Sólo más tarde me di cuenta de que aquel hombre me tomaba por... por una de esas mujerzuelas que merodean por el casino en gran número por la noche, esperando sacar algún dinero a los jugadores afortunados o bebidos. Después de todo, ¿qué otra cosa podría haber pensado, ya que incluso ahora, mientras le cuento a usted la historia, me doy cuenta de lo disparatada y fantástica que era la situación? ¿Qué otra idea podía tener de mí, puesto que la forma en que lo arranqué de su banco y lo arrastré sin vacilar no era realmente la de una dama? Pero ese pensamiento no se me ocurrió al principio. Sólo más tarde, demasiado tarde ya, fui tomando conciencia de lo terriblemente confundido que estaba sobre quién era yo. De lo contrario, nunca habría dicho las siguientes palabras, que no hacían sino reforzar el malentendido, pues le dije:

—Podemos buscar una habitación en un hotel. No puede usted quedarse aquí. Ahora tiene que encontrar un lugar seguro.

Pero enseguida me di cuenta de que había cometido un craso error, porque, sin volverse hacia mí, se limitó a decir con cierta ironía:

—No, no necesito una habitación. No necesito nada. No pierdas el tiempo, no me puedes sacar nada. Te has equivocado de hombre, no tengo dinero.

Esto lo dijo de nuevo en un tono aterrador, con una indiferencia impresionante, y su actitud, esta forma blanda de apoyarse en la pared del quiosco, de un ser chorreante, calado hasta los huesos y con el alma exhausta, me afectó tanto que no encontré tiempo para sentirme tontamente ofendida. Mi único sentimiento, que había sido el mismo desde el principio, desde que lo había visto salir tambaleándose del salón, y que había sentido continuamente durante aquella hora inimaginable, era que era un ser humano, joven, lleno de vida y aliento, a punto de morir y que yo tenía que salvarlo. Me acerqué a él y le dije:

—¡No se preocupe por el dinero, pero venga conmigo! No puede quedarse aquí. Le encontraré refugio. No se preocupe por nada, sólo venga.

Levantó la cabeza y, mientras la lluvia tamborileaba amortiguada a nuestro alrededor y el aguacero salpicaba a nuestros pies, sentí que, en medio de la oscuridad, vislumbraba por primera vez mi rostro. Su cuerpo también parecía despertar lentamente de su letargo.

—Bueno, como quieras —dijo, aceptando— no me importa... Después de todo, ¿por qué no? Vámonos.

Abrí mi paraguas y él vino y puso su brazo bajo el mío. Esta repentina familiaridad me resultó muy incómoda y me asusté profundamente. Pero no tuve el valor de prohibírselo, porque si le apartaba ahora, volvería a caer en el abismo y todo lo que había hecho hasta entonces sería en vano. Dimos unos pasos en dirección al casino. Sólo entonces me planteé qué iba a hacer con él. La mejor opción me pareció, tras una rápida reflexión, llevarle a un hotel, darle dinero para que pudiera pagar la habitación y volver a casa al día siguiente. Y como en aquel momento pasaban coches por delante del casino, paré uno y nos montamos. Cuando el cochero me preguntó adónde ir, al principio no supe qué responder pero, dándome cuenta de repente de que el hombre que estaba a mi lado, empapado hasta los huesos y chorreando agua, no sería admitido en ningún buen hotel y, como la mujer inexperta que era, sin pensar en absoluto en la posibilidad de un equívoco, me contenté con decirle al cochero:

—¡Llévenos a cualquier pensión!

El cochero indiferente, empapado por la lluvia, puso en marcha los caballos. El desconocido sentado a mi lado permanecía en silencio mientras las ruedas patinaban y la lluvia golpeaba violentamente contra las ventanillas. En aquel cubículo oscuro, sin luz, como un ataúd, me parecía estar acompañando a un cadáver. Intenté pensar, pensar en algo que decir para atenuar la singularidad y el horror de aquella promiscuidad silenciosa, pero no se me ocurrió nada. Al cabo de unos minutos, el coche se detuvo. Bajé primero y pagué al cochero, mientras él, soñoliento, cerraba la puerta. Estábamos ahora ante la puerta de un pequeño hotel que no conocía, bajo una marquesina de cristal que nos protegía de la lluvia que rasgaba la impenetrable noche a nuestro alrededor con una monotonía angustiosa.

El desconocido, cediendo a la gravedad, se había recostado sobre la pared y de su sombrero empapado y de su ropa arrugada, caía el agua como de un canalón. Permanecía allí como un ahogado que ha sido rescatado y cuya mente sigue entumecida, mientras alrededor del punto preciso donde se apoyaba, el agua goteaba y formaba un arroyo. Pero no hizo el menor esfuerzo por evitarlo, ni por sacudirse el sombrero, del que no dejaban de caer gotas sobre su frente y su cara. Se limitó a permanecer allí, completamente inerme, y no sabe cuánto me conmovía aquel hundimiento.

Pero en ese momento tenía que actuar. Rebusqué en mi bolso:

—Aquí tiene cien francos —le dije—. Tomará una habitación y mañana por la mañana volverá a Niza.

Me miró asombrado.

—Le he estado observando en la sala de juego —aclaré, al notar su vacilación—. Sé que lo ha perdido todo y temo que esté a punto de cometer una tontería. No es ninguna deshonra aceptar ayuda... Haga lo que le digo.

Pero me apartó la mano con una energía que no habría creído posible en él.

—Eres muy valiente —dijo—, pero no malgastes tu dinero. No tengo nada más que hacer. No importa si duermo esta noche o no. Mañana se acaba todo. No queda nada por hacer.

—No, tiene que aceptarlo —insistí— mañana lo verá todo de otra manera. Ahora quédese en el hotel y duerma bien y todo será distinto cuando amanezca.

Sin embargo, cuando volví a entregarle el dinero, me apartó de un empujón casi violento.

—No sirve de nada —repitió con voz apagada—. No sirve de nada. Es mejor hacerlo fuera que manchar de sangre las habitaciones de esta gente. Cien francos no me servirán de nada, y mil tampoco. Con los pocos francos que me quedan, volveré mañana al casino y no me iré hasta haberlo perdido todo. ¿Para qué voy a empezar de nuevo? Ya he tenido bastante.

No puedo describir la impresión que esta voz apagada causó en lo más profundo de mi ser, pero imagínese la situación: a dos pasos de usted hay un ser humano, joven, brillante, lleno de vida y de salud, y sabe que si usted no hace acopio de todas sus fuerzas, dentro de dos horas esa flor de la juventud, que piensa, habla y respira, no será más que un cadáver. Entonces me invadió una especie de cólera, un furioso deseo de quebrar aquella insensata resistencia. Le agarré del brazo:

—¡Basta de tonterías! Mañana por la mañana vendré a buscarle y lo llevaré a la estación. Tiene que salir de aquí, tiene que irse a casa mañana, y no descansaré hasta verle con su billete y en el tren. No se tira la vida cuando se es joven por perder unos cientos o unos miles de francos. Es cobardía, una crisis estúpida de ira y exasperación. Mañana me dará la razón.

—Mañana —repitió en un tono extrañamente amargo e irónico—. ¡Mañana! ¡Si supieras dónde estaré mañana! ¡Si yo mismo lo supiera! A decir verdad, ya tengo un poco de curiosidad. No, vete a casa, guapa, no te molestes y no malgastes tu dinero.

Pero no cedí. Había algo en mí, como una manía, como una furia. Agarré su mano violentamente y le puse en ella el billete a la fuerza.

—¡Toma el dinero y entra de una vez!

Y, diciendo esto, fui resueltamente al timbre y llamé:

—A ver, ahora que he tocado el timbre, vendrá el portero y usted subirá y se acostará. Mañana a las nueve le espero delante del hotel para llevarle directamente a la estación. No tiene que preocuparse de nada más, haré lo necesario para que llegue a su casa. Pero ahora acuéstese, duerma bien y no piense en nada más.

Justo entonces, desde dentro, la llave chirrió en la puerta y el portero del hotel la abrió.

—¡Ven! —dijo bruscamente, con voz áspera, decidida e irritada.

Y sentí el férreo apretón de sus dedos alrededor de mi muñeca. Estaba tan asustada, tan paralizada, como alcanzada por un rayo, ya no era capaz de pensar... Quería defenderme, liberarme... pero mi voluntad estaba neutralizada... y yo... comprenderá usted... yo... me daba vergüenza, delante del portero, que se impacientaba, luchar contra un desconocido. Y así... así me encontré de repente dentro del hotel. Quise hablar, decir algo, pero mi voz se ahogó en mi garganta... Su mano estaba en mi brazo, pesada y autoritaria... sin ser consciente de lo que hacía, sentí oscuramente que me arrastraba escaleras abajo... Una llave giró...

Y de repente me encontré a solas con este desconocido, en una habitación desconocida, en algún hotel cuyo nombre a día de hoy aún desconozco.

La señora C. se detuvo de nuevo y se levantó bruscamente. Su voz parecía no obedecerla ya. Se acercó a la ventana y se quedó mirando en silencio durante unos minutos, o tal vez sólo apoyó la frente en el frío cristal: no tuve el valor de observarla atentamente, pues me resultaba doloroso ver a la anciana presa de la emoción. Así que me quedé allí sentado, en silencio, sin hacer preguntas, sin emitir sonido alguno, y esperé hasta que ella regresó con paso pausado y se sentó frente a mí.

—Bueno, ahora la parte difícil ha terminado. Y espero que me crea si le digo una vez más, si le juro por todo lo que es sagrado para mí, por mi honor y por la cabeza de mis hijos, que hasta ese segundo no se me había ocurrido la menor idea de una... de una unión con este desconocido, que realmente no tenía voluntad y que, privada de conciencia, había caído de repente, como por una trampilla, del camino regular de mi existencia, a esta situación. He jurado ser sincera, tanto con usted como conmigo misma, así que repito una vez más que fue únicamente por un deseo casi exasperado de ayudar a este joven y no por ningún otro motivo o sentimiento personal por lo que me vi sumida en esta trágica aventura completamente sin deseo y en completa inocencia.

Supongo que no es necesario que le cuente lo que pasó aquella noche en aquella habitación, nunca he olvidado ni olvidaré ningún segundo de aquella noche. Porque allí estaba yo luchando con un ser humano por su vida, sí, repito, en aquella lucha era cuestión de vida o muerte.

Cada uno de mis nervios sentía con demasiada intensidad que aquel extraño, aquel hombre que ya estaba medio perdido, se aferraba al último salvavidas con todo el ardor y la pasión de alguien que está mortalmente amenazado. Se aferraba a mí como quien ya siente el abismo bajo sus pies. En cuanto a mí, utilicé todos mis recursos, todo lo que había en mí, para salvarle.

Una experiencia como ésta sólo se da una vez en la vida, y sólo le ocurre a una persona entre millones; tampoco habría imaginado, sin haberlo vivido, con qué fuerza desesperada, con qué rabia desenfrenada un hombre abandonado que se da por perdido, aspira a beberse la última gota carmesí de la sangre de la vida. Tras veinte años alejada, como había estado, de todas las fuerzas demoníacas de la existencia, nunca habría comprendido la manera grandiosa y fantástica en que la naturaleza concentra a veces en unos pocos y rápidos alientos todo lo que hay en ella de calor y de hielo, de vida y de muerte, de arrobamiento y de desesperación. Y aquella noche estuvo tan llena de luchas y de palabras, de pasión, de cólera y de odio, de lágrimas de súplica y de embriaguez, que me pareció que duró mil años, y que nosotros, aquellos dos seres humanos que nos tambaleábamos hacia el fondo del abismo, uno deseando endiabladamente la muerte, el otro asistiendo inocente a lo que pasara, salimos de aquel tumulto mortal completamente transformados, distintos, enteramente cambiados, con otro espíritu y otra sensibilidad.

Pero no hablaré de ello. No puedo describirlo, ni quiero hacerlo. Pero debo contarle algo sobre el increíble instante en que me desperté a la mañana siguiente. Desperté de un sueño plomizo, el más profundo que jamás he conocido. Tardé mucho en abrir los ojos, y lo primero que vi sobre mí fue el techo de una habitación desconocida, y luego, al tantear un poco más, un lugar extraño, desconocido para mí, horrible, y no sabía cómo podía haber caído allí. Al principio, traté de creer que no era más que un sueño, un sueño vívido y nítido, al que me había conducido aquel sueño pesado y confuso. Pero ya entraba por las ventanas la luz dura e innegablemente real del sol, la luz de la mañana y se oían los ruidos de la calle que se elevaban, con el rodar de los coches, los ruidos de los tranvías y el murmullo del gentío. Así me convencí de que ya no estaba soñando, sino que estaba despierta. Me incorporé instintivamente, tratando de recobrar el sentido, y allí..., de costado..., allí vi (nunca podré describir mi terror) a un hombre desconocido que dormía a mi lado en la amplia cama... pero era un extraño, un completo desconocido, un hombre semidesnudo que yo no conocía...

El terror que sentí es indescriptible. Me atenazó con tanta fuerza quedé tendida sin vida. Pero no se trataba de un verdadero desmayo, en el que uno ya no es consciente de nada, al contrario, con una súbita claridad, lo recordé todo y me pareció absolutamente inexplicable. Quería morirme de asco y vergüenza por encontrarme de repente con un completo desconocido en una cama extraña de un hotel sórdido. Lo recuerdo vívidamente: mi corazón dejó de latir, contuve la respiración como si eso sirviera para poner fin a mi vida y, sobre todo, a mi conciencia, esa conciencia clara, espantosamente clara, que lo percibía todo y, sin embargo, no entendía nada.

Nunca sabré cuánto tiempo estuve así, con todos mis miembros congelados: probablemente los muertos estén igual de rígidos en sus ataúdes. Lo único que sé es que cerré los ojos y recé a Dios, o a cualquier poder celestial, para que todo aquello no fuera verdad, para que no fuera real. Pero mis sentidos agudizados ya no me permitían ninguna ilusión, pues en la habitación contigua oía hablar a sus ocupantes y el ruido del agua del grifo, fuera, unos pasos se arrastraban por el pasillo, y cada una de aquellas pistas atestiguaba implacablemente el cruel estado de vigilia de mis sentidos.

No puedo decir cuánto duró esta atroz situación, porque los instantes así no se pueden medir con el sistema temporal normal. Pero de repente me invadió otro miedo, el miedo salvaje y espantoso de que aquel desconocido, cuyo nombre ni siquiera conocía, se despertara y me hablara. E inmediatamente supe que sólo podía hacer una cosa: vestirme y salir corriendo antes de que se despertara. No dejarme ver por él, no hablarle. Salvarme a tiempo, marcharme, volver a mi verdadera vida fuera como fuera, volver a mi hotel e inmediatamente y, en el primer tren, abandonar aquel lugar maldito, dejar aquel país, para no volver a encontrarme con aquel hombre, no volver a ver sus ojos, no tener ningún testigo, ningún acusador y ningún cómplice. Este pensamiento venció mi postración: con mucho cuidado, con los movimientos sigilosos de un ladrón, salí de la cama y busqué a tientas mi ropa, avanzando palmo a palmo, para no hacer ruido.

Me vestí con infinita precaución, temiendo a cada segundo que se despertara, y pronto estuve lista, ya casi lo había conseguido. Sólo que mi sombrero seguía al otro lado, en el suelo a los pies de la cama, y cuando me disponía a cogerlo de puntillas en ese segundo, no pude resistirme y tuve que echar un vistazo más a la cara de aquel hombre que había caído en mi vida como una piedra desde una cornisa. Sólo quería echarle un vistazo, pero... era extraño, porque el joven desconocido que dormía allí era un auténtico desconocido para mí. Al principio, no reconocí en absoluto el rostro de la noche anterior. De hecho, los rasgos tensos, crispados por la pasión, convulsos y alterados, del hombre mortalmente desquiciado, estaban como borrados El individuo que yacía allí tenía otro rostro, infantil, como de niño, que irradiaba, por así decirlo, pureza y serenidad. El cabello rubio extendía sus rizos flexibles sobre la frente sin arrugas, y la respiración que subía apaciblemente del pecho recorría el cuerpo en reposo en tranquilas ondas.

Recordará que antes le dije que nunca había visto, con tanta fuerza y en un grado tan violentamente marcado como en este desconocido sentado a la mesa de juego, la expresión de una codicia y una pasión tan feroces en un ser humano. Y le acabo de decir que nunca, ni siquiera en los niños, que a veces reflejan una angelical serenidad en su sueño infantil, he visto una expresión semejante de límpida pureza, de sueño verdaderamente dichoso. En aquel rostro, todos los sentimientos se inscribían con una plasticidad sin igual, y representaba en aquel momento una relajación celestial, una liberación de toda pesadez interior, una redención.

Aquel asombroso espectáculo me despojó de toda la ansiedad y el miedo que me oprimían como un pesado manto negro. Ya no estaba avergonzada, no, estaba casi feliz, puesto que aquel terrible e incomprensible suceso cobraba de pronto sentido para mí. Me regocijé, me sentí orgullosa al pensar que aquel delicado y hermoso joven, que yacía allí sereno y tranquilo como una flor, podría haber acabado, de no ser por mi devoción, precipitado contra una roca, roto, quebrado, ensangrentado y con la cara destrozada, sin vida y los ojos muy abiertos ¡Lo había salvado, estaba salvado! Y ahora miraba con ojos maternales (no se me ocurre mejor adjetivo) a aquel hombre dormido al que había dado la vida, con más sufrimiento que cuando diera a luz a mis propios hijos en el hospital. Y, en medio de aquella habitación mugrienta y anticuada, en aquel hotel asqueroso y mugriento, sentí de repente (por ridículas que puedan parecerle estas palabras) la misma sensación que si hubiera estado en una iglesia, un sentimiento de dicha, de milagro y santidad. Del instante más espantoso que había experimentado en toda mi vida, nació en mí, fraternalmente ligado al anterior, otro segundo, el más asombroso y poderoso.

¿Había hecho demasiado ruido, había hablado sin darme cuenta? No lo sé. Pero de repente el durmiente abrió los ojos. Me sobresalté y di un salto hacia atrás. Miró a su alrededor, como yo había hecho antes, y en él también pareció emerger, dolorosamente, una intensa sensación de profundidad y caos. Su mirada recorrió, no sin esfuerzo, aquella habitación extraña y desconocida, y luego se posó en mí con asombro. Pero incluso antes de que pudiera hablar o recobrar el sentido, yo ya me había recompuesto. No debía dejarle decir una palabra, permitirle una pregunta, una familiaridad, pues nada de lo que había sucedido la víspera y durante la noche debía repetirse, explicarse o mencionarse.

—Tengo que irme —dije rápidamente—. Quédese aquí y vístase. A mediodía le veré en la entrada del casino y me ocuparé de todo.

Y, antes de que pudiera responder una sola palabra, hui para no volver a ver aquella habitación, y corrí sin volverme, fuera de aquel hotel, cuyo nombre conocía tan poco como el del desconocido con quien había pasado allí una noche.

La señora C. interrumpió su relato para recuperar el aliento. Pero toda la tensión y el dolor habían desaparecido de su voz. Como un coche que primero sube la colina con dificultad, hasta que, una vez alcanzada la cima, rueda cuesta abajo, ligero y rápido, su historia tenía ahora alas:

Así que corrí hacia mi hotel, a través de las calles rebosantes de luz matinal, la tormenta se había llevado toda la oscuridad, al igual que todos los sentimientos dolorosos se habían disipado en mi interior. De hecho, no olvide lo que le dije antes: desde la muerte de mi marido, había renunciado por completo a la vida. Mis hijos no me necesitaban, yo no tenía interés en mí misma, y cualquier vida que no esté dedicada a un objetivo concreto es un error. Aquella mañana, por primera vez, de la nada, tenía una misión: había salvado a un hombre, lo había rescatado de la destrucción, poniendo en ello todas mis fuerzas. Ahora sólo quedaba superar un pequeño obstáculo para completar mi misión.

Llegué a mi hotel, donde la atenta mirada del portero, epatado al verme regresar a casa a las nueve de la mañana, pasó sobre mí. Pero ya nada de la vergüenza y de la pena que había sentido quedaban en mí, pues habían sido sustituidas por un renacer súbito de mi voluntad de vivir y una nueva conciencia del sentido de mi existencia que hacían correr por mis venas sangre nueva, caliente y abundante. Cuando llegué a mi habitación, me cambié rápidamente de ropa y, sin darme cuenta (sólo más tarde me di cuenta), dejé la ropa de luto y me puse otra más alegre. Después fui al banco a sacar dinero y me apresuré a ir a la estación para informarme de cuándo salían los trenes. Con una determinación que me sorprendió incluso a mí misma, arreglé también algunos otros asuntos y citas. Sólo quedaba asegurar el regreso a su país y el rescate definitivo de aquel hombre que el destino me había confiado.

Es cierto que en aquel momento necesitaba mucha presencia de ánimo para afrontar aquel encuentro. Porque el día anterior, todo había sucedido en la oscuridad, en una vorágine, como cuando dos piedras arrastradas por un torrente chocan de repente. Apenas nos conocíamos de vista, y yo ni siquiera estaba segura de que el desconocido fuera a ser capaz de reconocerme. El día anterior había sido un encuentro fortuito, un momento de embriaguez, la locura endiablada de dos seres perdidos, pero aquel día debía entregarme a él más abiertamente que la víspera, porque entonces, a la despiadada luz del día, me veía obligada a acercarme a él mostrando mi identidad, mi rostro, como el de un ser que es real y está vivo.

Por suerte, esto fue más fácil de lo que pensaba. Apenas me había acercado al casino a la hora convenida, un joven se levantó de un banco y corrió hacia mí. Había algo tan espontáneo, tan infantil, tan ingenuo y feliz en su sorpresa como en cada uno de sus expresivos movimientos y voló hacia mí con un rayo de agradecida alegría en los ojos y al mismo tiempo con actitud respetuosa, y en cuanto sus ojos percibieron los míos confusos ante su presencia, bajaron su mirada humildemente. La gratitud es una virtud difícil de practicar para muchos, e incluso los más agradecidos no saben a veces cómo exteriorizarla, de manera que permanecen en silencio, turbados, se cohíben y a menudo se manejan torpemente al intentar ocultar sus sentimientos. Pero en este caso, en este ser al que Dios, como un misterioso escultor, había dotado de la mayor habilidad para expresar los sentimientos de forma sensible, bella y plástica, el gesto de gratitud se manifestaba como el brillo de una pasión que irradiaba de todo su cuerpo.

Se inclinó sobre mi mano y, con la delicada línea de su cabeza infantil humillada devotamente, permaneció así un momento, en un respetuoso ademán de besar mis dedos, limitándose a rozarlos con sus labios. Después se separó y me preguntó cómo estaba, me miró con ternura, y había tanta decencia en cada una de sus palabras que al cabo de unos minutos toda la inquietud me había abandonado.

Y, como una reverberación de mi propio resplandor moral, el paisaje brillaba a nuestro alrededor, completamente en paz. El mar, que el día anterior se agitaba furioso, estaba tan tranquilo, silencioso y límpido que se podían ver los guijarros del fondo que brillaban blancos bajo las pequeñas olas que morían en la orilla. El casino, aquella cueva infernal, se alzaba con su brillo morisco contra el cielo despejado. Y el quiosco, bajo cuyo tejadillo nos habíamos refugiado de la lluvia torrencial, se había convertido en un diáfano revoltijo de flores blancas, rojas, verdes y multicolores que vendía una joven con una brillante blusa encarnada.

Le invité a comer en un pequeño restaurante, donde el joven desconocido me contó la historia de su trágica aventura, que vino a confirmar plenamente la primera premonición que yo había tenido, cuando había visto sus manos temblorosas y nerviosamente agitadas sobre el tapete verde. Había estudiado en Viena y hacía un mes había aprobado el primero de sus exámenes con extraordinario éxito. Para celebrar el día y como recompensa, su tío, un oficial superior del Estado Mayor, con quien se alojaba, le había llevado al Prater en carruaje, y habían ido juntos al hipódromo.

El tío tuvo suerte en el juego, ganando tres veces seguidas. Cargados con un gran fajo de billetes, fueron a cenar a un elegante restaurante. Al día siguiente, en reconocimiento por su éxito en el examen, el futuro diplomático recibió de su padre una suma de dinero igual a la mensualidad que recibía. Dos días antes esta suma le habría parecido enorme, pero ahora, tras la facilidad de aquella victoria, le parecía una nadería insignificante. Así que, en cuanto hubo desayunado, volvió al hipódromo, apostó apasionada y ávidamente, y tuvo la fortuna (o más bien la desgracia) de irse del Prater tras la última carrera con el triple del dinero que había llevado.

A partir de entonces, el furor del juego, unas veces en las carreras, otras en cafés o clubes, se apoderó de él, devorando su tiempo, sus estudios, sus nervios y, sobre todo, sus recursos. Ya no era capaz de pensar, de dormir en paz, y menos aún de bailar. Una vez, por la noche, al volver del club donde lo había perdido todo, al desvestirse encontró un billete olvidado y arrugado en su chaleco. No lo pudo resistir, se volvió a vestir y deambuló hasta que encontró un café donde había gente jugando al dominó, y allí se quedó jugando hasta el alba.

En una ocasión, su hermana, ya estaba casada, hubo de acudir en su ayuda pagando las deudas que había contraído con usureros deseosos de conceder crédito al heredero de una gran familia. Durante un tiempo, la suerte le favoreció, pero después fue en continuo declive, y cuanto más perdía, más sus compromisos incumplidos y su palabra de honor dada y no cumplida le forzaban a tener que ganar mucho dinero para redimirse. Hacía ya mucho tiempo que había empeñado su reloj y su ropa, y finalmente ocurrió algo terrible: robó dos grandes colgantes de un armario de su anciana tía, que ella rara vez usaba. Empeñó uno de ellos por una gran suma, que aquella noche logró cuadriplicar con el juego, pero en lugar de recuperar la joya, apostó todo lo ganado y perdió.

Cuando emprendió el viaje, aún no se había descubierto el robo, así que empeñó el segundo colgante y, obedeciendo a una repentina inspiración, tomó el tren a Montecarlo para ganar en la ruleta la fortuna con la que había soñado. Ya había vendido su baúl, su ropa y su paraguas, con lo que sólo le quedaban su revólver con cuatro balas y una pequeña cruz adornada con piedras preciosas que le había regalado su madrina, la princesa de X., y de la que no quería desprenderse. Pero aquella tarde había vendido la cruz por cincuenta francos, con el propósito de poder probar aquella noche la emocionante alegría del juego, a vida o muerte.

Me estaba contando todo esto con la gracia cautivadora de su naturalidad y autenticidad. Y yo escuchaba, conmovida, estremecida, fascinada. En ningún momento se me ocurrió indignarme y pensar que aquel hombre sentado a mi mesa era, a fin de cuentas, un ladrón. Si, el día anterior, alguien me hubiera insinuado simplemente que yo, una mujer con un pasado irreprochable y que exigía estricta dignidad y buenos modales en su sociedad, estaría un día sentada familiarmente junto a un joven completamente desconocido, apenas mayor que mi hijo, que había robado colgantes de perlas, lo habría tomado por un demente.

Lo contó todo con tanta naturalidad y pasión que su acto parecía más el efecto de una fiebre, de una enfermedad, que un delito indecente. Y en aquel momento, para alguien de mi posición, que la noche anterior había actuado de una manera tan abismalmente inusitada, la palabra «imposible» quedó súbitamente desprovista de significado. En aquellas diez horas, la experiencia que había adquirido de la realidad era infinitamente mayor que la que me habían proporcionado cuarenta años de vida respetable.

Pero había una cosa que me asustaba en aquella confesión: era el brillo febril de sus ojos que hacía vibrar eléctricamente cada músculo de su cara cuando hablaba de su pasión por el juego. Hablar de ello bastaba para excitarle, y su expresivo rostro transmitía con terrible claridad cada uno de sus momentos de tensión, ya fueran alegres o dolorosos. Involuntariamente, sus manos, aquellas manos admirables, nerviosas y flexibles, volvían a ser ellas mismas, como en la mesa de juego, aves rapaces, seres furiosos y escurridizos. Mientras él hablaba, las vi estremecerse de pronto en las articulaciones, retorcerse violentamente y crisparse en un puño, para luego relajarse y volver a enroscarse la una en la otra.

Y en el momento en que confesaba haber sustraído los colgantes, se movieron (no pude evitar estremecerme), saltarinas y veloces como alimañas dibujando el gesto de robar con tal expresividad que vi realmente los dedos lanzarse locamente sobre las joyas y casi engullirlas en la palma de la mano. Y reconocí con indecible horror que aquel hombre estaba envenenado por su pasión, hasta la última gota de su sangre.

Lo único de su relato que me conmovió al máximo fue este sometimiento de un joven, sereno y despreocupado por naturaleza, a una pasión sin sentido. Consideré, pues, que debía imperiosamente persuadir amistosamente a mi improvisado protegido para que abandonase inmediatamente Montecarlo, donde la tentación era muy peligrosa. Para ello era preciso que partiera aquel mismo día para volver con su familia, antes de que se notase la desaparición de los colgantes y se arruinase para siempre su porvenir. Así que le prometí dinero para el viaje y para desempeñar las joyas, pero sólo a condición de que tomara el tren aquel mismo día y jurara por su honor que nunca más tocaría una carta ni jugaría a un juego de azar.

Nunca olvidaré la apasionada gratitud, humilde al principio, luego iluminándose poco a poco, con que me escuchaba aquel desconocido, aquel hombre perdido. Nunca olvidaré cómo se bebía mis palabras cuando le prometía ayudarle, hasta que, inopinadamente, extendió sus dos manos por encima de la mesa para asir las mías con un gesto que nunca olvidaré, como de adoración y de promesa solemne. Había lágrimas en sus ojos claros, cuya mirada desviaba sutilmente, mientras todo su cuerpo temblaba nervioso por la emoción de la felicidad.

Ya he intentado en varias ocasiones describirle la excepcional expresividad de su fisonomía y de todos sus gestos; pero éste no puedo describirlo, porque era una dicha extremadamente extática y sobrenatural raramente vista en una figura humana que sólo era comparable a esa sombra blanca que uno cree ver al salir de un sueño cuando se imagina tener ante sí el rostro de un ángel que se desvanece.

¿Por qué ocultarlo? No pude resistir esa mirada. La gratitud nos hace felices porque rara vez la experimentamos de forma tangible, la delicadeza nos hace bien, y, para mí, como persona flemática y comedida, tal exaltación era algo nuevo, beneficioso y delicioso. Y al igual que este hombre agitado y roto, también el paisaje, tras la lluvia del día anterior, había florecido mágicamente.

Cuando salimos del restaurante, el mar, completamente en calma, brillaba magníficamente, azul hasta donde empezaba el cielo, sólo moteado de blanco por las gaviotas que revoloteaban sobre aquel otro azul. Usted conoce el paisaje de la Costa Azul, ¿verdad? Siempre produce una impresión de belleza, pero es un poco soso, como una postal ilustrada, que presenta sus colores siempre intensos perezosamente a la vista, como una mujer hermosa, somnolienta y perezosa, que deja pasar todas las miradas con indiferencia, en una actitud diríase oriental de abandono pródigo y sempiterno.

Sin embargo, a veces, muy pocas veces, hay días en que esta belleza se exalta, se impone, grita con energía sus colores vivos y fanáticamente chispeantes, nos lanza victoriosa a la cabeza la riqueza abigarrada de sus flores, estalla y arde de sensualidad. Era un día de tal entusiasmo el que había sucedido al caos desatado de la noche tormentosa. La calle recién lavada era todo brillo, el cielo era azul turquesa y por todas partes, en el verdor saturado de savia, se encendían ramos y antorchas de colores. Las montañas parecían de repente más brillantes y graciosas en la atmósfera tranquila y bañada por el sol y se agrupaban curiosamente como aproximándose a la pequeña ciudad, relucientes y límpidas. Mirara uno a donde mirara sentía la voluptuosa invitación y el aliento de la naturaleza, que le atrapaba el corazón de manera inevitable:

—Cojamos un coche —dije— y demos una vuelta por la *Corniche.*

Asintió con entusiasmo. Por primera vez desde su llegada, aquel joven parecía ver y percibir el país. Hasta ahora, sólo había conocido el sofocante salón del casino, con sus pesados perfumes empapados en sudor, el tumulto de seres humanos odiosos e histriónicos, y un maremágnum turbio, gris y bullicioso. Pero ahora la inmensa extensión de costa bañada por el sol se extendía ante nosotros, y la vista se paseaba deleitándose de un extremo a otro del horizonte. En el carruaje viajamos lentamente (no existían aún los automóviles) pasando por delante de muchas villas y personas. Cien veces, frente a cada casa, frente a cada villa sombreada por el verdor de los pinos, sentimos aquel secreto deseo: ¡aquí estaría bien vivir, tranquilo, contento, retirado del mundo!

¿He sido alguna vez más feliz que en aquellos momentos? No lo sé. A mi lado en el coche el joven, el día anterior aún presa de las garras del destino y la muerte, y ahora bañado por los blancos rayos del sol, parecía grácil y rejuvenecido. Volvía a parecer un niño, un niño hermoso y juguetón, de ojos ardientes y al mismo tiempo llenos de respeto, en quien nada me deleitaba tanto como su delicada consideración, siempre alerta: si la cuesta era demasiado empinada, y si al caballo le costaba arrastrar el carruaje, saltaba ágilmente para empujar desde atrás. Si yo mencionaba el nombre de una flor, o señalaba una en el camino, corría a cogerla. Recogió con cuidado y depósito en la hierba, una ranita que, atraída por la lluvia del día anterior, se arrastraba penosamente por el camino. Y, mientras tanto, contaba exuberantemente las cosas más divertidas y graciosas. Creo que la forma en que reía era una especie de liberación para él, porque sin ella habría tenido que cantar, saltar o hacer cualquier diablura para dar rienda suelta a toda aquella felicidad y embriaguez que lo embargaba.

Mientras subíamos lentamente la colina por una pequeña aldea, se quitó cortésmente el sombrero en un gesto repentino. Me quedé atónita: ¿a quién saludaba él que era un extraño en un lugar desconocido? Se sonrojó ligeramente ante mi pregunta y me dijo, casi disculpándose, que acabábamos de pasar por delante de la iglesia y que, en su país, Polonia, como en todos los países estrictamente católicos, era costumbre desde niño descubrirse delante de toda iglesia y santuario.

Al mismo tiempo recordé la cruz de la que me había hablado y le pregunté si era creyente. Cuando, con expresión ligeramente avergonzada, admitió modestamente que esperaba su parte de salvación, se me ocurrió de pronto un pensamiento:

—¡Alto! —le grité al cochero.

Y salí rápidamente del coche. Me siguió, sorprendido, diciendo:

—¿Adónde vamos?

Todo lo que dije fue:

—Venga conmigo.

Acompañada por él, volví a la iglesia, un pequeño santuario rural construido en ladrillo. La puerta estaba abierta, de modo que un cono de luz amarilla destacaba claramente en la oscuridad, donde la sombra delineaba con un brillo azul los contornos de un pequeño altar. Dos cirios nos miraban con ojos velados, en la penumbra impregnada del cálido aroma del incienso. Entramos. Él se quitó el sombrero, mojó la mano en la pila purificadora, se persignó e hincó la rodilla. Apenas se levantó, le agarré del brazo.

—Venga —dije enérgicamente—. Acerquémonos al altar o a una de esas imágenes que son sagradas para usted, y ahí pronunciará el juramento que le voy a dictar.

Me miró, asombrado, casi asustado. Pero habiendo comprendido rápidamente, se acercó a un nicho donde había una estatua, se persignó y se arrodilló obedientemente.

—Repite conmigo —dije, temblando de emoción—. Repite después de mí: juro...

—Juro —repitió, y luego continué— que nunca más tomaré parte en un juego de azar de ningún tipo, y que nunca más expondré mi vida y mi honor a esta pasión.

Repitió estas palabras, tembloroso y resonaron con fuerza y claridad en el vacío absoluto de aquel lugar. Luego hubo un momento de silencio, tan grande que se oía el suave susurro de los árboles y las hojas que mecía el viento en el exterior. De repente, se postró como un penitente y, con un éxtasis completamente nuevo para mí, habló en lengua polaca, muy deprisa y sin interrupción, palabras que no entendí. Pero debía de tratarse de una oración extática, de un acto de acción de gracias, de un acto de contrición, porque aquel tempestuoso confesor no cesaba de inclinar humildemente la cabeza y repetir aquellas palabras ante el reclinatorio. Nunca antes, y nunca después, había yo oído rezar así en ninguna iglesia del mundo. Sus manos abrazaban nerviosamente el reclinatorio de madera, todo su cuerpo sacudido por un huracán interior, que unas veces lo levantaba bruscamente y otras veces lo sumía en una profunda postración. No podía ver ni sentir nada, todo en él parecía suceder en otro mundo, en un purgatorio de metamorfosis o en una ascensión hacia la esfera de lo sagrado.

Finalmente, se levantó lentamente, volvió a persignarse y se dio la vuelta con dificultad. Le temblaban las rodillas, su rostro estaba pálido como el de alguien que está agotado. Pero cuando me vio, sus ojos brillaron, una sonrisa pura y verdaderamente piadosa iluminó su rostro transportado. Se acercó a mí, se inclinó muy bajo, al estilo ruso, y me cogió ambas manos para rozarlas con sus labios:

—Fue Dios quien me la envío. Acabo de agradecérselo.

No sabía qué decir. Pero deseé que de repente, desde lo alto de su pequeño palco, sonara el órgano, porque sentí que lo había conseguido, había salvado a aquel joven para siempre.

Salimos de la iglesia para volver a la luz brillante de un día digno del mes de mayo. Nunca el mundo me había parecido tan hermoso. Durante otras dos horas condujimos lentamente hasta la cima de la montaña, siguiendo el sendero panorámico que ofrecía vistas esplendidas. Ya no dijimos nada más, pues, tras aquel torrente de emociones, cualquier comentario parecía baladí. Y cuando mi mirada se cruzó con la suya, me sentí obligada a apartar la vista, confundida, pues me producía una emoción demasiado grande el contemplar mi propio milagro.

Hacia las cinco de la tarde regresamos a Montecarlo porque yo tenía una cita con unos parientes que no podía aplazar más y, a decir verdad, también me apetecía mucho descansar, relajarme tras aquella intensa exaltación de mis sentimientos, pues había sido demasiada felicidad y sentía que necesitaba un respiro de aquel estado de éxtasis y ardor excesivo, que yo nunca antes había conocido. Así que le pedí a mi protegido que me acompañara al hotel, sólo un momento. Allí, en mi habitación, le di el dinero que necesitaba para el viaje y para desempeñar las joyas. Acordamos que durante mi cita recogería su billete en la estación de ferrocarril. Después, por la tarde, a las siete, nos encontraríamos en el vestíbulo de la estación media hora antes de la salida del tren para Génova. Cuando intenté entregarle los cinco billetes, sus labios se tornaron inusualmente pálidos:

—No... dinero no... ¡Por favor, dinero no! —murmuró entre dientes mientras sus temblorosos dedos se retraían, nerviosos y agitados—. Nada de dinero... Dinero no... No puedo verlo —volvió a repetir, como si le invadieran físicamente el miedo y el asco. Pero calmé sus escrúpulos diciéndole que sólo era un préstamo y que, si se sentía avergonzado, sólo tenía que darme un recibo.

Arrugó los billetes como algo pegajoso que ensucia los dedos, se los metió en el bolsillo sin mirarlos y escribió unas palabras en una hoja de papel con trazos apresurados. Cuando levantó la vista, el sudor le cubría la frente. Algo parecía pugnar violentamente por salir de él. Apenas me hubo entregado nerviosamente aquel trozo de papel, todo su ser fue presa de un gran temblor, súbitamente (yo no pude evitar retroceder sobresaltada) cayó de rodillas y besó el borde de mi vestido. Fue un gesto indescriptible de tal vehemencia que me hizo temblar. Un extraño escalofrío me atravesó, estaba completamente confusa y sólo pude balbucear:

—Aprecio enormemente su gratitud, pero por favor, váyase ahora. Esta tarde a las siete, en la explanada de la estación, nos despediremos.

Pensé que quería decirme algo, y por un momento pareció que intentaba acercarse a mí. Pero de pronto volvió a inclinarse, profundamente, muy profundamente, y salió de la habitación.

La señora C. interrumpió de nuevo su relato. Se había levantado y se había acercado a la ventana a la que se asomó y permaneció largo rato mirando, sin moverse. En su figura de espaldas recortada por la luz percibí un ligero temblor. Entonces se dio la vuelta con firmeza y sus manos, hasta entonces tranquilas, se movieron de repente con violencia, bruscamente, como si quisiera desgarrar algo. Luego me miró con dureza, casi con descaro, y retomo su relato con determinación:

—Le he prometido que sería completamente sincera. Y ahora me doy cuenta de lo necesaria que era esa promesa, pues sólo ahora al tratar por primera vez de narrar ordenadamente todo lo que sucedió aquel día, y de encontrar palabras precisas para expresar un sentimiento que entonces estaba completamente reprimido y confuso, comprendo claramente muchas cosas que entonces no supe, o quizá no quise saber. Por eso quiero decirme y decirle la verdad, con energía y resolución: en aquel momento, cuando el joven salió de la habitación y me quedé sola, sentí como un desfallecimiento que se apoderó de mí y tuve la sensación de que acababa de recibir un golpe en el corazón. Algo me había hecho un daño mortal, pero no sabía (o me negaba a saber) cómo aquella tierna a la par que respetuosa atracción de mi protegido me había herido tan dolorosamente.

Pero ahora que intento sacar todo el pasado de lo más profundo de mí, como algo desconocido, con orden y energía, y que su presencia no tolera ninguna evasión, ninguna huida cobarde de un sentimiento de vergüenza, ahora lo tengo claro: lo que tanto me dolió entonces fue la decepción... la decepción... porque este joven se hubiera marchado tan obedientemente... sin ningún intento de retenerme, de quedarse conmigo... que hubiera obedecido humilde y respetuosamente mi primera petición de que se fuera, en vez de... en vez de intentar arrastrarme violentamente hacia él... que sólo me adorara como a una santa que había aparecido en su camino... y que él... que él no sintiera que yo era una mujer.

Fue una decepción para mí... un desencanto que nunca me confesé, ni entonces ni después, pero el sentimiento de una mujer termina adivinándolo todo, sin necesidad de palabras e, instintivamente. Porque... ahora no me equivoco..., si aquel hombre me hubiera abrazado entonces, si me hubiera pedido que le siguiera, me habría ido con él... habría deshonrado mi nombre y el de mis hijos... sin importarme las habladurías y la moral, habría huido con él, como la señora Henriette con el joven francés que había conocido la víspera... Habría sacrificado mi dinero, mi nombre, mi fortuna, mi honor por aquel hombre... por aquel hombre habría estado dispuesta a mendigar, y probablemente a cualquier bajeza que se pueda imaginar. Habría rechazado todo lo que en sociedad se llama decoro y reserva, si tan sólo se me hubiera insinuado, diciendo una palabra o dando un solo paso, si hubiera intentado tomarme, en ese momento habría estado perdida y atada a él para siempre.

Pero... ya se lo he dicho... aquel ser singular no me miraba ni me veía como la mujer que yo era... Y hasta qué punto ardía yo en deseos de entregarme, de abandonarme por completo, era algo que sólo sentí cuando me quedé a solas conmigo misma, cuando la pasión que, un momento antes, exaltaba aún su rostro iluminado y casi seráfico, había ido cediendo terreno poco a poco a un corazón que palpitaba en el vacío sabiéndose rechazado.

Poco después me levanté haciendo un gran esfuerzo para acudir a aquella cita tan inoportuna. Mis pensamientos eran deslavazados y tan inciertos como mis pasos cuando por fin me dirigí al otro hotel, a ver a mis parientes.

Allí estuve sentada con aire triste en medio de una animada conversación, y sentía una sensación de pavor cada vez que se me ocurría levantar la vista y encontrarme con aquellos rostros inexpresivos que, comparados con el del joven, cambiante como las sombras y las luces que proyectan las nubes, se me antojaban congelados o cubiertos por una máscara. Me parecía estar en medio de gente muerta, pues tan terriblemente desprovista de vida era aquella sociedad. Así, mientras ponía azúcar en mi taza y decía algunas palabras, con la mente ausente, totalmente ensimismada, surgía, como impresa por el empuje ardiente de mi sangre, aquella figura cuya contemplación se había convertido para mí en una alegría voluptuosa y que —¡me aterraba pensarlo!— en una o dos horas vería por última vez. Sin duda alguna, se me debió de escapar un leve suspiro o fastidio, porque de repente la prima de mi marido se inclinó hacia mí para preguntarme qué me pasaba y si me encontraba mal, ya que me veía muy pálida y preocupada. Inmediatamente aproveché aquella pregunta caída del cielo como una oportunidad para declarar de inmediato que, en efecto, sufría una migraña, y pedí permiso para retirarme discretamente.

De manera que me apresuré a regresar al hotel. Apenas llegué y me encontré sola, sentí de nuevo una sensación de vacío y abandono, y el deseo de estar con el joven que hoy iba a despedir para siempre se apoderó de mí con furia. Iba de un lado a otro de mi habitación, abría cajones sin motivo, me cambiaba de traje y me contemplaba en el espejo, preguntándome con ojos inquisitivos si, arreglada de tal modo, no despertaría su interés. De repente, supe lo que tenía que hacer, ¡debía hacer todo lo que estuviera en mi mano para no abandonarle! Y en un segundo, en una explosión de vehemencia, este deseo se convirtió en resolución.

Corrí a ver al portero del hotel y le dije que me marchaba en el tren de aquella misma tarde. Debía darme prisa. Llamé a la camarera para que me ayudara a preparar el equipaje, pues el tiempo apremiaba. Mientras amontonábamos apresuradamente mi ropa y pequeños objetos cotidianos en los baúles, imaginé por adelantado cómo sería esa sorpresa, cómo le acompañaría hasta el tren y, cuando en el último, en el ultimísimo momento me tendiera la mano para la despedida final, cómo yo seguiría de repente al atónito joven hasta el vagón, para estar con él esa noche, la siguiente y todo el tiempo que deseara.

Una especie de embriaguez arrebatadora y entusiasta bullía en mis venas, a veces me reía a carcajadas, inopinadamente, mientras echaba los vestidos en mis baúles, para sorpresa de la camarera. Mi mente, lo notaba, estaba desbocada. Cuando el mozo vino a recoger los baúles, le miré desorientada al principio, pues me costaba demasiado pensar en las cuestiones prácticas, mientras la exaltación hacía que mi alma se desbordara por completo.

El tiempo se agotaba, debían de ser casi las siete, con lo que faltaban a lo sumo veinte minutos para la salida del tren. Me consolé pensando que ya no me separaría ni me despediría de él, pues había resuelto acompañarle en su viaje todo el tiempo que desease.

El mozo se llevó mis baúles y yo me apresuré a ir a la recepción del hotel para pagar mi cuenta. El gerente ya me estaba devolviendo el dinero y me disponía a salir cuando una mano me tocó suavemente el hombro. Me sobresalté. Era mi prima política, que había venido al verme preocupada por mi supuesto malestar. Mis ojos se oscurecieron. No tenía tiempo para atenderla, cada segundo que pasaba suponía un retraso fatal, pero la cortesía me obligaba a escucharla y contestarle, al menos por un momento.

—Tienes que irte a la cama —insistió—, seguro que tienes fiebre.

Y era muy posible, pues sentía que las sienes me latían con extrema violencia, y a veces pasaban por mis ojos esas sombras azules que anuncian la proximidad de un desmayo. Pero yo protestaba, haciendo ver que agradecía su interés, si bien cada una de sus palabras me quemaba y de buena gana la habría despachado sin miramientos. Pero ella, sin que nadie se lo pidiera, allí se quedaba, se quedada, y no había manera de que se fuera. Me ofreció un poco de agua de colonia y quiso refrescarme ella misma las sienes, mientras yo contaba los minutos, con los pensamientos fijos en aquel joven y buscando cualquier excusa para escapar de aquellas tortuosas atenciones. Y cuanto más preocupada estaba, más sospechosa le parecía mi actitud. Tanto es así que, al final, intentó obligarme a subir a mi habitación y acostarme con un tono ligeramente autoritario.

Entonces, en medio de estas exhortaciones, eché un rápido vistazo al reloj que había en medio del salón: eran las siete y veintiocho y el tren salía a las siete y treinta y cinco. De repente, abruptamente, con la brutal indiferencia de una mujer desesperada, le tendí la mano a mi prima, sin más explicaciones, diciendo:

—Adiós, debo irme.

Y sin preocuparme por su mirada de asombro, sin darme la vuelta, salí corriendo por la puerta, bajo la mirada atónita del personal del hotel, y luego corrí calle abajo hacia la estación.

Por los aspavientos del mozo que esperaba allí con el equipaje, me di cuenta a distancia de que ya era hora. Con furia ciega corrí hacia la puerta del andén, pero el empleado me detuvo allí. Había olvidado coger mi billete. Y mientras intentaba, casi con violencia, que me dejara salir a la vía después de todo, el tren ya se alejaba. Me quedé mirando fijamente, temblando con todos mis miembros, para captar al menos una mirada desde una de las ventanillas del vagón, al menos un gesto de despedida, un saludo. Pero la velocidad del tren hizo que ya no pudiera verle la cara. Los vagones iban cada vez más deprisa, y al cabo de un minuto lo único que quedaba ante mis oscurecidos ojos era una nube de humo negro.

Debí de quedarme allí como petrificada durante Dios sabe cuánto tiempo, porque el mozo me habló varias veces en vano antes de atreverse a tocarme el brazo. Este último gesto me hizo saltar del susto. Me preguntó si debía llevar el equipaje al hotel. Tardé unos minutos en recomponerme. No, eso no era posible, porque después de aquella salida ridícula y precipitada, no podía volver, no quería... nunca más. Así que, impaciente por quedarme sola, le ordené que dejara el equipaje en la consigna.

Sólo después, en medio de la muchedumbre cada vez más numerosa que se agolpaba ruidosamente en la sala y cuyo número disminuía gradualmente, intenté pensar, pensar con claridad en cómo escapar de aquella dolorosa e insoportable obsesión de ira, arrepentimiento y desesperación, porque —¿por qué no admitirlo?— la idea de haberme perdido, por mi culpa, este último encuentro me desgarraba el corazón con una crudeza ardiente y despiadada. Casi podría haber gritado, tan dolorosa era la hoja de acero al rojo vivo que me laceraba, con creciente ahínco.

Tal vez sólo las personas que desconocen por completo la pasión experimentan, cuando la descubren, esas súbitas explosiones de pasión semejantes a una avalancha o un huracán, en las que años enteros de fuerzas hasta entonces inactivas se precipitan y ruedan hacia las profundidades de la mente humana. Nunca antes (y nunca después) he sentido tanta sorpresa y tal rabia e impotencia como en aquel momento en que, dispuesta a la mayor extravagancia, dispuesta a arrojar al abismo todas las reservas de una vida bien administrada, todas las energías contenidas y acumuladas hasta entonces, me encontré de pronto con el muro del disparate contra el que mi pasión se había estrellado.

Lo que hice a continuación fue algo igual de disparatado. Fue una locura, incluso una estupidez, casi me avergüenza admitirlo... pero me prometí a mí misma y le prometí a usted que no le ocultaría nada, por lo tanto, se lo cuento. Me sentí intensamente atraída de nuevo por todos los lugares donde habíamos estado juntos el día anterior, al banco del jardín público del que le había sacado a rastras, al salón de juegos donde le había visto por primera vez, e incluso a aquel hotel sórdido hotel, simplemente para revivir una vez más aquellos momentos pasados con él. Y al día siguiente, quise recorrer el mismo camino de nuestro paseo a lo largo de la *Corniche,* para revivir cada palabra, cada gesto. ¡Tan tonta, tan infantil era la confusión de mi alma! Hágase cargo de que estos acontecimientos me habían golpeado de manera súbita y acelerada, apenas había sentido otra cosa que un golpe repentino, un solo golpe que me había aturdido. Pero en aquel momento, de repente, desde fuera ya de aquel torbellino, quería una vez más revivir, disfrutar retrospectivamente, retazo a retazo, de estas emociones fugaces, gracias a esa forma mágica de engañarse a uno mismo que llamamos memoria... A decir verdad, son cosas que se entienden o no se entienden. Tal vez haga falta un corazón ardiente para comprenderlas.

Así que fui primero al casino, para buscar la mesa donde se había sentado y volver a ver sus manos, imaginándolas entre todas aquellas manos. Entré. Recordaba que la mesa donde le había visto por primera vez estaba a la izquierda, en el segundo salón. Podía revivir cada uno de sus movimientos con precisión. Como una sonámbula, con los ojos cerrados y las manos extendidas, habría encontrado su sitio. De manera que entré y atravesé rápidamente el salón. Y allí... cuando, desde la puerta mi mirada se dirigió hacia la ruidosa multitud... sucedió algo singular... Allí, exactamente en el lugar que me había imaginado, allí estaba sentado (¡alucinaba yo por la fiebre!)... él mismo... él... él... exactamente como lo había visto en mi sueño... exactamente como estaba el día anterior, los ojos fijos en la bolita, pálido como un fantasma... pero era él... él... innegablemente era él...

Me llevé tal sorpresa que a duras penas logré contener un alarido ante aquella visión sin sentido y cerré los ojos.

«Estás loca... estás soñando... tienes fiebre», me dije. Es absolutamente imposible, estás alucinando... salió de aquí en tren hace media hora».

Entonces volví a abrir los ojos. Habría reconocido aquellas manos entre millones de manos... No, no estaba soñando, era realmente él. Había traído el dinero que yo le había dado para volver a casa, aquí, al tapete verde, y, olvidándolo todo poseído por su pasión, había venido a jugárselo en esta mesa, mientras mi corazón se rompía de desesperación por él.

La irá nubló mis ojos, una furia rabiosa en la que visualicé en tonos rojo sangre un deseo de agarrar por el cuello al perjuro que tan perversamente había engañado mi confianza, mis sentimientos, mi devoción. Pero de nuevo logré contenerme y, con deliberada lentitud (¡qué energía necesitaba!), me acerqué a su mesa, donde un caballero me hizo sitio cortésmente justo enfrente de él. Dos metros de fieltro verde se interponían entre nosotros, de manera que yo podía contemplar su rostro a mis anchas como desde un palco de un teatro. El mismo rostro que dos horas antes había visto radiante de gratitud, iluminado por el halo de la gracia divina, y que ahora veía de nuevo crepitar devorado por todos los fuegos infernales de la pasión. Las manos, esas manos que sólo aquella tarde había visto abrazando la madera del reclinatorio para hacer el más sagrado de los juramentos, ahora volvían a aferrar el dinero a su alrededor como vampiros lujuriosos. Porque había ganado, debía de haber ganado una suma grande, muy grande, ya que ante él brillaba un confuso montón de fichas, luises de oro y billetes, un amasijo de cosas colocadas al azar, en las que sus dedos, sus dedos nerviosos y temblorosos, se estiraban y se hundían voluptuosamente. Podía verlos sosteniendo y doblando sensualmente los diversos billetes, volteando y palpando con cariño las monedas y luego cogiendo bruscamente un puñado y arrojándolo sobre uno de los rectángulos. E inmediatamente sus fosas nasales comenzaban a estremecerse de nuevo a intervalos. La llamada del crupier apartaba sus ávidos ojos del montón de dinero, para seguir el endiablado movimiento de la bola, y quedaba como desprendido de sí mismo, mientras sus codos parecían literalmente clavados en el tapete verde. La posesión de que era víctima me impactaba de un modo aún más terrible y espantoso que el día anterior, pues cada uno de sus movimientos destruía en mi mente la imagen que brillaba como sobre un fondo de oro, que yo me había formado crédulamente y que me habitaba.

Estábamos a dos metros de distancia. Yo seguía mirándole y él, inconsciente de mi presencia, no me miraba a mí ni a nadie, porque su mirada se limitaba a ojear el dinero y vacilaba inquieta mientras observaba la bola rodar. Aquel perverso círculo verde ocupaba y aterrorizaba todos sus sentidos. El mundo entero, la humanidad entera, se había fundido, para él, en aquella superficie de tenso tapete verde rectángulo de tela tensa, y yo sabía que podría permanecer allí horas y horas sin que él sospechara siquiera que estaba allí.

Pero no pude soportarlo más; en una súbita resolución, rodeé la mesa, me acerqué a él por detrás y le puse la mano en el hombro. Durante un segundo me miró fijamente, con los ojos vidriosos y como si no me conociera, como un borracho al que le cuesta despertarse de su letargo y cuyos ojos aún están nublados por los vapores grises y neblinosos de su interior... Luego pareció reconocerme, abrió la boca, me miró feliz y tartamudeó suavemente con una familiaridad desconcertante y misteriosa:

—La cosa va bien... Lo noté enseguida cuando entré y vi que él estaba ahí... Lo noté enseguida...

No entendí lo que quería decir. Lo único que vi es que aquel insensato estaba poseído por el juego, que se había olvidado de todo, de su juramento, de nuestra cita, del universo y de mí. Pero incluso en aquel estado de delirio, el encanto de su expresividad al verme fue algo tan cautivador que no pude contenerme y recibí de buen grado sus palabras y le pregunté con interés de quién hablaba.

—Del viejo general ruso que está ahí sentado, que sólo tiene un brazo —murmuró, apretándose contra mí para que nadie pudiera oír su secreto mágico—. Aquel hombre canoso que tiene detrás a su criado. Siempre gana, me di cuenta ayer. Seguramente tiene una combinación, y yo siempre apuesto a lo mismo que él... Ayer también ganó siempre, sólo que cometí el error de seguir jugando cuando él se fue: fue culpa mía... Ayer debió de ganar veinte mil francos, y hoy también gana siempre... Ahora siempre apuesto a lo mismo que él... Ahora...

A media frase le interrumpió el crupier bruscamente con su ronca llamada de «¡Hagan sus apuestas!». Y su mirada se desvió, como imantada, devorando el lugar donde estaba sentado el ruso de barba blanca, grave y apacible, que colocó con circunspección primero una moneda de oro y luego, tras un instante de vacilación, una segunda en el cuarto rectángulo. Inmediatamente, las manos eléctricas que tenía delante se zambulleron en el montón de dinero y arrojaron un puñado de monedas de oro al mismo lugar. Y cuando, un minuto después, el crupier gritó «¡Cero!» y barrió hacia sí todo lo apostado. El joven miró asombrado, como si se tratara de un milagro, cómo todo el dinero había desaparecido. ¿Piensa usted que se volvió a mirarme? No, yo había desaparecido, estaba ausente, borrada de su existencia. Todos sus sentidos agudizados estaban fijos en el general ruso, que, completamente indiferente, sostenía en la mano dos nuevas monedas de oro, aún inseguro del número en que las colocaría.

No sé cómo describir mi amargura y desesperación. Pero puede imaginarse cómo me sentí. ¡Que para un hombre al que habrías entregado tu vida, no seas más que una mosca, que se ahuyenta cansinamente con indolencia! De nuevo me invadió una oleada de ira.

Le así del brazo violentamente justo cuando iba a levantarlo.

—Levántese ahora mismo —susurré en voz baja, pero con autoridad—. Recuerde el juramento que hizo hoy en la iglesia, es usted un perjuro miserable.

Me miró, afectado y pálido. Sus ojos adoptaron de pronto la expresión de un perro apaleado. Le temblaban los labios. Parecía recordar de pronto todo el pasado y sentir una especie de aversión hacia sí mismo.

—Sí... sí... —balbuceó—. Dios mío, Dios mío... Sí... Ya voy, perdóneme...

Y ya su mano estaba recogiendo todo el dinero, rápidamente al principio, con movimientos amplios y enérgicos, pero luego vaciló como contenido por una fuerza contraria. Su mirada se posó en el general ruso, que estaba apostando.

—Sólo un poco más... —dijo, lanzando rápidamente cinco monedas de oro sobre el mismo rectángulo—. Sólo esta vez... Le juro que después me iré... Sólo esta jugada... Sólo...

Y de nuevo su voz desapareció. La bolita había empezado a rodar, monopolizando toda su atención. Una vez más, poseído por el juego se había olvidado de mí y también de sí mismo, arrastrado por el baile de la diminuta bola que saltaba y rebotaba en la ruleta.

El crupier cantó un número y con el rastrillo se llevó las cinco monedas de oro que tenía delante. Había perdido. Pero no se volvió. Se había olvidado de mí, de su juramento y de la palabra que acababa de darme un minuto antes. Su mano codiciosa ya se hundía y arañaba el menguado montón de dinero, y su mirada ebria estaba enteramente centrada en aquel general ruso, el amuleto de la suerte que imantaba su voluntad.

Mi paciencia se había agotado. Volví a sacudirlo, pero ahora con violencia:

—¡Levántese inmediatamente! Ahora mismo... Ha dicho que era la última jugada...

Entonces ocurrió algo inesperado. Se volvió súbitamente, pero, esta vez, el rostro que me devolvía la mirada ya no era el de un hombre humilde y confuso, sino el de un hombre furioso, ebrio de ira, cuyos ojos ardían y cuyos labios temblaban de rabia.

—¡Déjeme en paz! —rugió, como un tigre—. ¡Váyase! Me trae mala suerte. Siempre que está usted cerca, pierdo. Ese fue el caso ayer, y sigue siendo el caso hoy. ¡Largo!

Por un momento me quedé estupefacta. Pero entonces, ante su furia, mi ira también hirvió.

—¿Qué le traigo mala suerte? ¡Mentiroso, usted me hizo un juramento!

Pero me detuve ahí, porque el hombre enfurecido saltó de su asiento y me empujó hacia atrás, indiferente al tumulto que se estaba formando.

—Déjeme en paz —gritó en voz alta, sin ninguna contención—. No estoy bajo su tutela... Tome, tome... aquí tiene su dinero —y me arrojó unos billetes de cien francos—. Pero ahora déjeme en paz.

Lo había gritado muy alto, como un loco, indiferente a la presencia de los cientos de personas que le rodeaban. Todos miraban, cuchicheaban, insinuaban cosas, se reían, e incluso desde el salón contiguo se acercaban muchos curiosos. Sentí como si me arrancaran la ropa y estuviera allí desnuda delante de todos aquellos curiosos.

—Silencio, señora, por favor —dijo el crupier con voz alta y autoritaria, golpeando su rastrillo sobre la mesa. Las palabras de este malvado personaje iban dirigidas a mí. Humillada y avergonzada, me quedé allí, expuesta a aquella curiosidad, como una prostituta a la que acaban de dar dinero. Doscientos, trescientos ojos insolentes me miraban fijamente. Y... mientras me retiraba, agachando la cabeza bajo aquel aguacero de humillación y vergüenza, volví la mirada hacia un lado, y allí, frente a mí, había dos ojos casi helados por la sorpresa. Era mi prima, que me miraba con expresión perpleja, la boca abierta y la mano levantada como aterrorizada.

Antes de que pudiera moverse o recuperarse de su sorpresa, salí corriendo del casino. Aún me quedaban fuerzas suficientes para ir directamente al banco, el mismo banco donde el día anterior se había derrumbado aquel poseso. Y tan débil, tan exhausta y destrozada como él, me dejé caer sobre la dura e implacable madera...

Hace ya veinticuatro años y, sin embargo, cuando pienso en aquel momento en que estaba allí, castigada y humillada por su burla y su desprecio bajo la mirada de mil extraños, se me hiela la sangre en las venas. Y una vez más pienso con pavor qué débil, miserable, y cobarde sustancia debe ser eso que enfáticamente llamamos alma, espíritu, sentimiento, dolor, ya que todo esto, incluso en su grado más extremo, es incapaz de quebrar por completo el cuerpo martirizado, la carne retorcida, ya que a pesar de todo, la sangre sigue fluyendo y uno sobrevive a tales episodios, en lugar de derrumbarse y morir, como un árbol alcanzado por un rayo.

El dolor sólo había aplastado mi cuerpo un instante, el tiempo suficiente para que me golpeara la descarga que me hizo caer sobre el banco, aturdida, sin aliento, con, por así decirlo, el voluptuoso desfallecimiento que anticipa una muerte ineludible. Pero, como acabo de decir, todo sufrimiento es cobarde y retrocede ante el poder de la voluntad de vivir, que está más firmemente arraigada en nuestra carne de lo que toda la pasión por la muerte lo está en nuestro espíritu.

Inexplicablemente para mí, después de semejante aniquilamiento de mis sentimientos, me levanté a pesar de todo, sin saber muy bien qué hacer. De pronto recordé que mis baúles estaban en la estación. A partir de ese momento sólo tuve un pensamiento: huir, partir, alejarme de aquel lugar, simplemente irme, lejos de aquel maldito averno. Ajena a todo lo que me rodeaba, corrí a la estación, donde pregunté a qué hora salía el primer tren a París. A las diez, me dijo el empleado, e inmediatamente facturé mi equipaje.

Las diez, por lo tanto, habían pasado exactamente veinticuatro horas desde aquel espantoso encuentro. Veinticuatro horas hechas de una tormenta que había desencadenado tal vorágine de sentimientos extremos, que dejó mi alma devastada para siempre. Pero al principio sólo sentía en mi interior una palabra como una letanía eternamente martilleada y vibrante: ¡huye!, ¡huye!, ¡huye! Las palpitaciones de mis sienes seguían redoblando con esa palabra, que iba penetrando mi cabeza como una cuña: ¡huye!, ¡huye!, ¡huye! Lejos de aquella ciudad, lejos de mí misma, de vuelta a casa, a mi familia, a mi antigua vida, ¡a mi verdadera vida!

Pasé la noche en el tren. Llegué a París, donde cambié de estación para salir hacia Boulogne, luego fui de Boulogne a Dover, de Dover a Londres y de Londres a casa de mi hijo, todo el viaje de una tirada, sin pararme a pensar en nada, durante cuarenta y ocho horas, sin dormir, sin hablar, sin comer. Cuarenta y ocho horas durante las cuales la ruedas del tren chirriaban insistentemente aquella frase: ¡huye!, ¡huye!, ¡huye!

Cuando, por fin, sin que nadie me esperara, llegué a la casa de campo de mi hijo, todos se sobresaltaron. Sin duda había algo en mi ser, en mis ojos, que me delataba. Mi hijo se acercó para abrazarme, y yo retrocedí, pues no podía soportar la idea de besarlo con unos labios que yo consideraba sucios. Ignoré todas las preguntas y simplemente pedí un baño, pues necesitaba purificar mi cuerpo (dejando a un lado la suciedad del viaje) de todo lo que aún parecía adherido a él por la pasión de este hombre poseído e indigno. Luego me arrastré hacia mi habitación y dormí durante doce o catorce horas, un sueño como ningún otro que haya experimentado antes o después, un sueño en el que conocí lo que es yacer en un ataúd y estar muerta. Mis familiares me cuidaron como si estuviera enferma. Pero sus atenciones sólo conseguían herirme, porque me avergonzaba, me avergonzaba de su respeto, de su consideración, y tenía que contenerme todo el tiempo para no gritarles de pronto hasta qué punto los había traicionado a todos, y también olvidado, y casi abandonado, presa de una pasión loca e insensata.

Luego me fui a una pequeña ciudad francesa, al sur, donde no conocía a nadie, porque estaba obsesionada con la idea de que todo el mundo pudiera ver mi vergüenza y mi cambio a primera vista, por tener yo el alma tan sucia, tan manchada. Allí, a veces, cuando me despertaba en la cama por la mañana, me daba un miedo terrible abrir los ojos, porque recordaba aquella mañana en que me desperté junto a un desconocido, un hombre semidesnudo, y entonces, al igual que la primera vez, sólo tenía un deseo: morirme inmediatamente.

A pesar de todo, el tiempo tiene un gran poder, y la edad amortigua todos los sentimientos de un modo extraño. Siente uno que está más cerca de la muerte, que su sombra se cierne, negra, sobre el camino, y entonces las cosas parecen menos vívidas, ya no se clavan tan profundamente y pierden gran parte de su peligroso poder. Poco a poco, me recuperé de la conmoción que había sentido y cuando, años más tarde, me encontré un día en sociedad con el agregado de la embajada, un joven polaco, y le pregunté por su familia y me contestó que el hijo de uno de sus primos se había suicidado diez años antes en Montecarlo, ni siquiera pestañeé. Casi ya no me dolió, tal vez incluso —a qué fin negar el egoísmo— me hizo algún bien, porque entonces desapareció todo peligro de volver a encontrarme con él, de forma que ya no tenía más testigo en mi contra que mi propio recuerdo. Desde entonces, estoy más tranquila. Al fin y al cabo, envejecer no es otra cosa que dejar de temer a nuestro pasado.

Y ahora comprenderá por qué ahora me he decidido hablarle de mi destino. Cuando defendió a la señora Henriette y argumentó apasionadamente que veinticuatro horas podían cambiar por completo la vida de una mujer, me sentí identificada y se lo agradecí íntimamente porque, por primera vez, me sentí, por así decirlo, justificada, y entonces pensé que tal vez, liberando mi alma mediante la confesión, la pesada carga y la eterna obsesión por el pasado desaparecerían y que, en adelante, me sería posible volver allí y entrar en aquel salón donde se decidió mi destino, sin sentir ningún rencor ni hacia él, ni hacia mí misma. Y que así, la piedra que pesaba sobre mi alma se levantaría y caería con todo su peso sobre el pasado e impediría que nunca más volviera a resurgir.

Me ha hecho bien poder contarle todo esto. Ahora me siento aliviada y casi feliz... Gracias.

Al oír estas palabras, me levanté como un resorte al ver que había terminado. Con cierta vergüenza, intenté decir algo, pero ella, sin duda, se dio cuenta de mi emoción y me interrumpió rápidamente:

—No, por favor, no hable... No deseo que me responda, ni me diga nada... Gracias por escucharme, y buen viaje.

Estaba frente a mí, tendiéndome la mano en señal de despedida. Sin darme cuenta, la miré a la cara, y me pareció que el rostro de aquella anciana que estaba ante mí, afable y al mismo tiempo ligeramente avergonzada, era extrañamente conmovedor. ¿Era aquello el reflejo de una pasión del pasado? ¿Era rubor lo que de pronto coloreó sus mejillas hasta la altura de su blanca cabellera? Fuera lo que fuese, permanecía allí como una jovencita, modestamente turbada por el recuerdo y avergonzada por su propia confesión. Aquello me conmovió y sentí un fuerte deseo de expresarle mi empatía con palabras, pero tan impresionado estaba que no acerté a hablar. Me incliné profundamente y besé con inmenso respeto su mano temblorosa y marchita como las hojas del otoño.

CARTA DE UNA DESCONOCIDA

Al llegar de vuelta a Viena, a primera hora de la mañana, después de tres reparadores días en la montaña, el famoso novelista R. sólo tuvo que echar un vistazo a la fecha del periódico que acababa de comprar en la estación para recordar que hoy era su cumpleaños, su cuadragésimo primer cumpleaños, calculó rápidamente, y tampoco le dio más importancia. Hojeó distraído el periódico, con las páginas crujiendo bajo sus dedos, y cogió un taxi de vuelta a su piso.

En su ausencia, R. había recibido dos visitas y algunas llamadas telefónicas. Su criado le puso al día y le trajo en una bandeja el correo de los tres últimos días. R. examinó tranquilamente el paquete, abrió algunos sobres, aquéllos cuyos remitentes le interesaban; enseguida apartó una carta de letra desconocida, que parecía bastante voluminosa. El té estaba servido, se acomodó en su sillón, hojeó por última vez el periódico y algunos folletos; luego encendió un puro y cogió la carta que había apartado.

Eran unas dos docenas de páginas, escritas apresuradamente con letra de mujer, poco familiar y apresurada, era más un manuscrito que una carta. Cogió el sobre y lo palpó mecánicamente, como si quisiera asegurarse de que no se había dejado ninguna nota adjunta en el fondo. Pero el sobre estaba vacío y, al igual que las propias páginas, no llevaba ni la dirección del remitente ni una firma. «Extraño», pensó, y volvió a coger el manuscrito. En la parte superior de la página, a modo de apóstrofe o epígrafe, había escrito: «A ti que nunca me conocerás». Asombrado, dejó de leer: ¿se dirigía a él o a un personaje imaginario? Aguijoneado por la curiosidad, comenzó a leer:

Mi hijo murió ayer. Durante tres días y tres noches, luché contra la muerte para salvar su tierna y breve vida, lo estuve cuidando durante cuarenta horas, mientras la gripe sacudía con fiebres su cuerpecito. Le ponía paños fríos en la frente ardiente, día y noche sostuve sus pequeñas manos febriles entre las mías. A la tercera noche, me desmayé. Mis ojos no aguantaron más, se cerraron sin que me diera cuenta. Dormí tres, quizá cuatro horas en un incómodo sillón, y la muerte

125

aprovechó para apoderarse de él. Ahora está ahí tumbado, pobrecito, en su pequeño catre, en la posición en que la muerte se lo llevó. Ahora le han cerrado los ojos, sus ojos oscuros e inteligentes, le han puesto las manos sobre la camisa blanca, y cuatro cirios arden intensamente velando las cuatro esquinas de su cuna. No me atrevo a mirar, no me atrevo a moverme, porque al bailar las llamas, las sombras pasan sobre su rostro y sobre su boca cerrada y es como si sus rasgos cobraran vida, y esto me hace creer que no está muerto, que sigue vivo y que con su dulce voz me dirá palabras llenas de ternura infantil. Pero sé que está muerto, y no quiero mirar más, para no tener que esperar, para no desilusionarme una vez más. Lo sé, sé que está muerto, mi hijo murió ayer. Ahora sólo te tengo a ti en el mundo, a ti que no sabes nada de mí, a ti que, en este mismo momento estarás divirtiéndote sin sospechar nada, o pasándotelo bien con personas o cosas. Sólo te tengo a ti, que nunca me conociste y a quien siempre quise.

He traído un quinto cirio y lo he puesto aquí, sobre la mesa donde te escribo. Porque no puedo quedarme a solas con mi hijo muerto sin derramar mi alma, ¡y a quién podría hablar en esta hora terrible sino a ti, que lo has sido todo para mí y aún lo eres todo para mí! Quizás no estoy siendo suficientemente clara, tal vez no me entiendas, estoy algo espesa, es verdad, la sangre me late y me zumban las sienes, me duele mucho el cuerpo. Creo que tengo fiebre, tal vez ya sea la gripe, que ahora va de puerta en puerta, ojalá, porque entonces me iría con mi hijo y no tendría que sufrir. A veces se me nublan los ojos, y tal vez ni siquiera pueda terminar de escribir esta carta, pero quiero hacer acopio de todas mis fuerzas, para que, por una vez, sólo por esta vez, pueda hablar contigo, mi amado, tú que nunca me conociste.

Es sólo a ti a quien quiero hablar, es a ti a quien contaré todo por primera vez, sabrás todo sobre mi vida, que sólo te pertenecía a ti y de la que nunca supiste nada. Pero no conocerás mi secreto hasta que haya muerto, cuando ya no te tengas que sentir obligado a responderme, cuando esta enfermedad, que en este momento fluye caliente y fría por mis miembros, haya impuesto un final definitivo. Si sobreviviera, rompería esta carta y seguiría guardando silencio como siempre he hecho. En cambio, si esta carta llega a tus manos, sabrás que es una mujer muerta contándote su vida, una vida que te perteneció desde muy temprano y hasta su último suspiro. No tienes nada que temer de mis palabras, una mujer muerta ya no pide nada, no quiere amor, ni piedad, ni consuelo. Sólo te pido una cosa: quiero que creas todo lo que mi pena, que se escapa hacia ti, va a revelarte. Hazme caso, es todo lo que te pido, piensa que nadie puede mentir justo después de la muerte de su único hijo.

Quiero contarte toda mi vida, una vida que sólo empezó de verdad el día en que te conocí. Antes de eso, lo que recuerdo es algo turbio y confuso, en lo que mi memoria no ha vuelto a sumergirse, una especie de sótano lleno de objetos y personas polvorientas, cubierto de telarañas, del que mi corazón ya no sabe nada. Cuando llegaste, yo tenía trece años y vivía en el edificio en el que tú aún vives hoy, en el edificio en el que tienes en tus manos mi carta, mi último aliento de vida. Vivía en el mismo rellano, justo enfrente de la puerta de tu piso. Probablemente no te acuerdes de nosotros, la pobre viuda de un funcionario de Hacienda (aún estaba de luto) y una adolescente delgaducha. Vivíamos muy tranquilas, casi confinadas en nuestra miseria pequeñoburguesa. Es posible que nunca hayas oído nuestro nombre, porque no teníamos un cartel en la puerta y nadie venía nunca a preguntar por nosotras. Hace ya tanto tiempo, quince, dieciséis años; no, ciertamente ya no lo sabes, no, amor mío, pero yo, ¡oh!, recuerdo apasionadamente cada detalle, todavía recuerdo, como si fuera ayer, el día, no, la hora en que oí hablar de ti por primera vez, en que te vi por primera vez. Y cómo podría haberlo olvidado, si fue en ese momento cuando empezó la vida para mí. Déjame que te lo cuente todo, todo desde el principio. Te ruego que no te canses de lo que voy a contar sobre mí durante este cuarto de hora, sobre mí, que durante toda una vida no dejé de amarte.

Antes de que te mudaras a nuestro bloque de pisos, una gente horrible, desagradable y pendenciera vivía en vuestra puerta. Como eran muy pobres, odiaban por encima de todo la pobreza a la que se enfrentaban, nuestra pobreza, porque no queríamos tener nada que ver con su grosera zafiedad. El marido era un borracho y pegaba a su mujer. A menudo nos despertaba por la noche un alboroto de sillas volcadas y platos rotos. Una noche, molida a golpes, desgreñada, ella bajó corriendo las escaleras, seguida por su marido borracho que gritó hasta que los vecinos se asomaron a los descansillos y le amenazaron con llamar a la Policía. Mi madre evitó desde el principio todo contacto con ellos y me prohibió hablar con aquellos niños, que la tomaban conmigo a la menor oportunidad. Cuando se cruzaban conmigo por la calle, me decían groserías y un día me lanzaron bolas de nieve endurecida con tanta fuerza que me hicieron sangre en la cabeza. Todo el edificio odiaba a esta gente, así que cuando las cosas se torcieron —creo que el marido fue encarcelado por robo— y tuvieron que mudarse con sus cosas, todos nos sentimos aliviados. Durante unos días se pudo ver el cartel de «Se alquila» en el portal, pero luego lo quitaron, y el conserje difundió rápidamente la noticia de que un escritor, un hombre solitario y sencillo, se había quedado con el piso. Fue la primera vez que oí tu nombre.

A los pocos días llegaron decoradores, pintores, limpiadores y tapiceros para adecentar el piso y limpiar la suciedad dejada por los anteriores inquilinos. Se oían martillazos, golpes, limpieza y fregado, no obstante, mi madre no pudo más que alegrarse porque nos habíamos librado de la escoria de la casa de al lado. No te vi en ningún momento, ni siquiera durante la mudanza: todo el trabajo fue supervisado por tu criado, ese pequeño mayordomo de pelo gris y mirada seria, que lo dirigía todo con discreción y eficacia. Nos imponía mucho respeto, en primer lugar, porque nunca habíamos tenido un mayordomo en nuestro vecindario, y en segundo lugar porque era extremadamente educado con todo el mundo, pero sin ponerse al mismo nivel que los demás criados y sin tratar mucho con ellos. Desde el primer día, trató a mi madre como a una dama, con respeto, e incluso con nosotros, que no éramos más que unos mocosos, se mostró siempre cortés y serio. Cuando te llamaba por tu nombre, siempre lo hacía con una cierta deferencia, con un respeto especial, y se notaba enseguida que te tenía un afecto mayor de lo que es común entre el servicio doméstico. Yo quería mucho al bueno de Johann por eso, si bien le envidiaba porque tenía derecho a estar siempre a tu lado, sirviéndote.

Te cuento todo esto, amor mío, todas estas pequeñas cosas, casi ridículas, para que puedas comprender cómo, desde el principio, te apoderaste absolutamente de la niña tímida y apocada que yo era entonces. Incluso antes de que llegaras a mi vida, ya te rodeaba un halo, un mundo de riqueza, extrañeza y misterio. Todos en el pequeño edificio de las afueras (la gente con una vida simple siempre siente curiosidad por las cosas nuevas que llegan a su puerta) esperábamos impacientes tu llegada. Y esta curiosidad que nos inspirabas creció en mí cuando una tarde, de camino a casa desde el colegio, vi el camión de la mudanza aparcado delante de nuestro edificio. Los de la mudanza ya habían montado la mayoría de los muebles y las piezas más pesadas, sólo quedaba montar uno a uno los objetos más pequeños. Había figuritas indias, esculturas italianas, grandes cuadros de colores y finalmente estaban los libros. Yo nunca habría imaginado que fuera posible tener tantos y tan bonitos. Estaban todos amontonados en la puerta, y allí el criado tomó el relevo y empezó a quitarles el polvo cuidadosamente, uno a uno, con un plumero. Yo daba vueltas alrededor de la creciente pila de libros y los miraba con curiosidad. El criado no me echaba, pero tampoco me animaba a quedarme, así que no me atrevía a tocar ni uno solo. Y Dios sabe cuánto me habría gustado acariciar la flexible piel de algunos de ellos. Sólo eché un vistazo temeroso a los títulos: había algunos en francés, otros en inglés y unos cuantos en idiomas que desconocía. Creo que podría haberme pasado horas mirándolos todos si mi madre no me hubiera llamado de repente.

Durante toda la tarde no pude dejar de pensar en ti, y eso que aún no te había visto. En cuanto a mí, sólo poseía una docena de libros baratos, encuadernados en cartón, raspados y ajados por el uso. Los quería muchísimo y los leía una y otra vez. Y ahora me moría por saber qué clase de persona podía poseer y haber leído todos aquellos magníficos libros, conocer todos aquellos idiomas, y ser, además de tan rica, tan culta. La visión de todos aquellos libros me inspiraba una especie de respeto sobrenatural hacia ti. Intenté formarme una imagen de tu figura, imaginé que eras un hombre mayor, con gafas y una larga barba blanca, un poco como nuestro profesor de geografía, pero más amable, guapo y gentil. No sé por qué siempre supe que eras guapo, incluso cuando pensaba que eras un viejo. Aquella noche, sin conocerte todavía, soñé contigo por primera vez.

Al día siguiente, tomaste posesión del piso. Yo por más que lo intentaba, no conseguía verte, lo que no hacía sino avivar mi curiosidad. Al tercer día por fin te vi, y cuál fue mi sorpresa al ver que eras tan diferente: nada que ver con la imagen infantil de Dios Padre que yo me había formado de ti. Me había imaginado a un anciano bonachón con gafas, y fuiste tú quien vino: tú, como sigues siendo hoy, tú el inmutable, sobre el que no pasan los años. Llevabas un precioso traje marrón claro de corte moderno y subías corriendo las escaleras, siempre de dos en dos, con ese paso ligero e infantil que es tan tuyo. Llevabas el sombrero en la mano, y yo me quedé asombrada al ver que eras tan joven y tan guapo, tan esbelto y elegante. Es curioso que no me llevara más de un segundo descubrir lo que te hace tan único que sigue siendo para mí, como para todo el mundo, una fuente perpetua de asombro: y es que hay dos hombres en ti, un joven ardiente y despreocupado, que vive todo como juego y aventura, y, cuando se trata de escribir, un hombre implacablemente serio, concienzudo, infinitamente culto e instruido. Inconscientemente percibí lo que todo el mundo más tarde comprendería: llevas una doble vida, una vida con un lado luminoso, que muestras a los ojos del mundo, y un lado muy oscuro, que sólo tú conoces. Esta profunda dualidad, el secreto de tu existencia, yo, la niña de trece años atraída mágicamente por ti, la adiviné a primera vista.

¿Te das cuenta ya, mi amor, de la maravilla, del atractivo enigma que debías de ser para aquella niña que era yo? Descubrir de repente al hombre que respetamos porque escribe libros, porque es famoso en el mundo de los adultos, bajo la apariencia de un joven elegante de veinticinco años, tan alegre como un niño. ¿Hace falta que te diga que, desde aquel día, en nuestra casa, en todo mi pobre mundo de niña, nada me interesaba más que tú, que con toda la terquedad, con toda la tenacidad obsesiva de una niña de trece años, no podía dejar de girar en torno a tu vida, en torno a tu existencia? Te observaba, observaba tus costumbres, observaba a las personas que acudían a tu casa, y todo ello, lejos de aplacar mi curiosidad por ti, no hacía sino avivarla, porque toda la dualidad de tu ser resplandecía en la diversidad de tus visitas. Uno tras otro, venían jóvenes estudiantes desaliñados, tus amigos, con los que reías y estabas exuberante y mujeres elegantes que llegaban en coche. También el director de la ópera, el gran director de orquesta, al que nunca había visto más que de lejos, en el atril, y que siempre me había impresionado tanto. Otras veces, eran chicas jóvenes que aún iban a la escuela y que pasaban por tu puerta con paso inseguro. Mujeres sobre todo, muchas mujeres. Yo no le daba a esto mayor importancia, y tampoco me preocupé, cuando una mañana, al salir para la escuela, vi a una elegante mujer que salía a hurtadillas de tu casa, porque yo sólo tenía trece años, y siendo tan niña aún no había identificado como amor la apasionada curiosidad con que te espiaba y te observaba.

Pero aún recuerdo exactamente, amor mío, el día y la hora en que me enamoré irrevocablemente de ti. Había salido a dar un paseo con una compañera de clase, y nos habíamos quedado charlando ante la puerta del edificio. Llegó un coche, se detuvo, y entonces saltaste desde el estribo hacia la puerta con ese garbo que sigue seduciéndome hasta el día de hoy. Algo me impulsó inconscientemente a abrirte la puerta, y así fue como llegué a cruzarme en tu camino, hasta el punto de que casi chocamos. Me miraste fijamente con tu mirada suave, cálida y envolvente, que era como una caricia, me sonreíste con ternura —sí, no puedo decir otra cosa— y me dijiste en voz baja, casi en confianza:

—Gracias, muchas gracias, señorita.

Eso fue todo y me encantó; pero desde ese segundo, desde el momento en que sentí esa mirada suave y seductora sobre mí, quedé conquistada. Aprendí más tarde, y aprendí pronto, que ofreces esa mirada firme y cautivadora, esa mirada que te envuelve y te desnuda, esa mirada de seductor nato, a toda mujer que se cruza en tu camino: a la dependienta que te vende algo, a la criada que te abre la puerta. Pronto aprendí que tu mirada no está impulsada conscientemente por el deseo, pues es tu ternura por las mujeres lo que confiere a tu mirada un matiz suave y cálido cuando se posa en ellas. Pero yo, una niña de trece años, aún no sabía nada de esto: me volvía loca tu mirada, pues creía que esa ternura era sólo para mí, y ese único segundo bastó para convertir la adolescente que yo era en mujer, una mujer conquistada para siempre.

—¿Quién era? —preguntó mi amiga.

No pude responder de inmediato. Me resultaba imposible decir su nombre: en un segundo, desde aquel primer segundo, se había vuelto sagrado para mí, se había convertido en mi secreto.

—Oh, nadie, sólo un señor que vive en el edificio —tartamudeé finalmente con torpeza.

—¿Y por qué te has puesto como un tomate cuando te ha mirado? —se burló mi amiga, con toda la mala leche de una niña curiosa.

Y precisamente porque sentí que su burla tocaba mi secreto, me sonrojé aún más. Mi confusión me volvió grosera.

—¡Estúpida! —le grité brutalmente: quería estrangularla. Pero ella sólo se rio más y más burlonamente, hasta que sentí que se me llenaban los ojos de lágrimas. Me fui de allí con rabia y subí a casa corriendo escaleras arriba.

Te he amado desde ese momento. Sé que esto te lo habrán dicho mil mujeres. Pero créeme: ninguna te ha querido como una esclava, como un perro, con tanta devoción como el ser que yo era entonces y que siempre he seguido siendo para ti. No hay nada en la tierra como el amor secreto de una niña con pocas esperanzas, servil, sumiso, atento y apasionado, como nunca puede serlo el amor de una mujer hecha y derecha, que, por muy fuerte que sea su deseo, siempre conlleva exigencias más o menos explícitas. Sólo las muchachas solitarias son capaces de guardar sus pasiones enteramente para sí. Las otras comparten sus sentimientos abiertamente cuando están en confianza, han oído hablar mucho del amor y han leído mucho sobre él, y saben que es la cosa más compartida del mundo. Lo disfrutan como un juguete, presumen de él como los chicos de su primer cigarrillo. Pero yo no tenía a nadie en quien confiar, nadie que me enseñara y me advirtiera, era ignorante e inexperta: me precipité hacia mi destino como hacia un abismo. Todo lo que crecía y florecía en mí siempre giraba en torno a ti, pues mi padre hacía tiempo que había muerto, mi madre, con su perpetuo aire taciturno y sus eternas preocupaciones de viuda que sólo tiene su pensión para vivir, era una extraña para mí; las chicas del colegio, más avezadas que yo en estos asuntos, me repugnaban porque jugaban a la ligera con lo que para mí era la pasión suprema. De esta manera fui concentrando en ti lo que normalmente se fragmenta y se comparte, concentré en ti todo mi ser tenso y ardiente de impaciencia. Tú eras para mí —¿cómo decirlo? No encuentro una comparación que sirva para explicarlo— digamos que lo eras todo para mí, toda mi vida. Sólo lo que estaba relacionado contigo existía, sólo lo que estaba relacionado contigo tenía sentido en mi existencia. Transformaste toda mi vida. Devoraba miles de libros hasta altas horas de la noche porque sabía que te gustaban los libros. De repente, para asombro de mi madre, empecé a tocar el piano con una perseverancia casi obstinada porque sabía que a ti te gustaba la música. Me ocupaba de mis vestidos, limpiando aquí y cosiendo allá, con el único objetivo de parecerte elegante y pulcra, y pensaba con horror en el remiendo cosido en el lado izquierdo de mi uniforme del colegio (había sido cortado de un viejo vestido de casa de mi madre). Temía que te dieras cuenta y me despreciaras, así que me lo cubría con la cartera cuando subía corriendo las escaleras, temblando de miedo de que lo vieras. Pero qué ingenua era yo, pues tú nunca me echaste cuenta, o casi nunca.

Y, sin embargo, yo me pasaba el día entero esperándote y espiándote. Nuestra puerta tenía una mirilla por la que se veía tu puerta. Te reirás, pero aquella mirilla, amor mío (ni siquiera hoy me avergüenzo de aquellos tiempos), era mi ventana al mundo. Me pasé apostada a aquella mirilla todos aquellos meses y años, allí, en el gélido pasillo, a riesgo de despertar sospechas en mi madre, me sentaba con un libro en la mano, vigilando durante tardes enteras, tensa como una cuerda de arpa y temblando en cuanto advertía tu presencia. Siempre te rondaba, siempre alerta y siempre en movimiento, pero tú no me prestabas más atención que al tictac de tu reloj, que cuenta y mide incansablemente tus horas discretamente, que acompaña tus pasos con un latido inaudible, y en el que tu mirada apresurada se posa sólo una vez cada millón de segundos. Lo sabía todo de ti, conocía cada una de tus costumbres, cada una de tus corbatas, cada uno de tus trajes. Acabé conociendo y clasificando a cada una de tus visitas, las dividí en dos categorías: las que me resultaban simpáticas y las que me horrorizaban. Entre mis trece a mis dieciséis años, viví dentro de tu vida constantemente. ¡Cuántas locuras cometí! A veces besaba el picaporte de la puerta que tu mano había tocado, o recogía una colilla que habías tirado antes de entrar en el edificio, y era sagrada para mí porque tus labios la habían tocado. Cientos de veces salí a la calle por la noche, con un pretexto u otro, para ver qué habitación de tu piso estaba iluminada, y así sentir más claramente tu presencia, tu presencia invisible. Y durante esas semanas en las que estabas de viaje (se me hacía un nudo en el estómago cuando veía al bueno de Johann deshaciendo tu maleta de viaje amarilla), durante esas semanas mi vida era yerma y carente de sentido. Vagaba por nuestro apartamento con aire triste, aburrida y taciturna, y tenía que estar constantemente en guardia para asegurarme de que mi madre no se daba cuenta de mi desesperación por las lágrimas de mis ojos.

Lo sé: son sólo desvaríos grotescos e infantiles. Debería avergonzarme de ello, pero no lo hago, porque nunca mi amor por ti ha sido más puro ni más apasionado que en aquellos excesos infantiles. Podría pasar horas e incluso días contándote cómo viví contigo, contigo que apenas conocías mi rostro. Si te encontraba en la escalera y no podía evitarte, pasaba corriendo a tu lado, mirando al suelo para no encontrarme con tu mirada ardiente, como el que se lanza al agua para no ser abrasado por las llamas. Podría pasar horas y días hablándote de los años que tú ya hace tiempo olvidaste, e hilar el relato de toda tu vida, pero no quiero aburrirte, no quiero atormentarte, ahora sólo quiero contarte el episodio más hermoso de mi infancia, y te ruego que no te burles de su insignificancia, porque para mí, de niña, fue una efeméride. Creo que fue un domingo en que estabas de viaje, tu criado arrastraba unas pesadas alfombras que acababa de sacudir intentando introducirlas en el apartamento. Al ver yo lo que le estaba costando me armé de valor y le pregunté si podía ayudarle. Se quedó atónito, pero aceptó mi oferta, y así fue como vi el interior de tu piso (¡si pudiera decirte con qué respeto, sí, con qué piadosa admiración!), tu mundo, el escritorio donde solías sentarte, sobre el que había unas flores en un jarrón de cristal azul, tus muebles, tus cuadros, tus libros. Fue sólo una breve y furtiva ojeada a tu vida, porque el leal Johann estoy segura de que no me habría permitido cotillear más de la cuenta, pero esa sola mirada me bastó para empaparme de toda aquella atmósfera, y tuve suficiente para alimentar, día y noche, mis infinitos sueños contigo.

Ese breve episodio fue el más feliz de mi infancia. Quería contártelo para que tú, que no me conoces, empezaras por fin a darte cuenta de que había una vida que giraba en torno a ti y de ti dependía. Tenía que contarte esto y también lo otro, el momento más terrible que, para mi desgracia, no se hizo esperar. Como ya te he dicho, me había olvidado de todo lo demás, no prestaba ninguna atención a mi madre y no me importaba nadie. No me había dado cuenta de que un señor mayor, un tendero de Innsbruck, pariente lejano de mi madre, nos visitaba a menudo y se quedaba, yo a esto sólo le veía su lado bueno, pues a veces llevaba a mi madre al teatro, y yo podía estar sola, pensar en ti, espiarte, que era mi única y mayor felicidad. Pero un día mi madre me llamó a su habitación con cierta ceremonia y un aire grave. Al instante palidecí y sentí que el corazón se me aceleraba; ¿sospechaba algo? ¿Se había enterado? Lo primero que pensé fue en ti, en mi secreta razón de ser. El caso es que mi madre estaba tan avergonzada como yo, me besó tiernamente (cosa rara en ella), una, dos veces, me acercó a ella en el sofá y luego empezó, vacilante y confusa, a explicarme que su pariente, que era viudo, le había propuesto matrimonio, y que ella, pensando en primer lugar en mí, había decidido aceptar. Se me heló la sangre: sólo podía pensar en ti.

—Pero nos quedamos aquí, ¿no? —acerté a balbucear a duras penas.

—No, nos trasladamos a Innsbruck, Ferdinand tiene allí una casa preciosa.

No oí nada más y todo se oscureció. Posteriormente me enteré de que me había desmayado, porque oí a mi madre susurrar a mi padrastro, que esperaba detrás de la puerta que «De repente retrocedió unos pasos con los brazos extendidos, y se desplomó». No puedo describir lo que ocurrió en los días siguientes, cómo yo, una niña débil, luché contra su todopoderosa voluntad. Aun ahora mismo, sólo de pensarlo me tiembla la mano mientras escribo. No podía traicionar mi verdadero secreto, así que mi resistencia hubo de pasar por pura terquedad, malicia y desafío. Dejaron de consultar mi opinión, todo se hacía a mis espaldas. Aprovechaban el tiempo que pasaba en el colegio para preparar la mudanza, y cada vez que volvía a casa me encontraba con que habían trasladado o vendido nuevos objetos. Un día, cuando llegué a casa para comer, vi que los de la mudanza habían venido y se lo habían llevado todo. En las habitaciones vacías estaban nuestros baúles, listos para el viaje, y dos camas plegables para mi madre y para mí que íbamos a pasar allí la última noche, pues al día siguiente nos mudábamos a Innsbruck.

Aquel último día, súbitamente comprendí que no podía vivir lejos de ti. Eras mi última oportunidad de salvación. No recuerdo cómo se me ocurrió, y quizá ni siquiera fui capaz de pensar con claridad en aquel momento de desesperación, pero de repente, aprovechando que mi madre había salido, me levanté y, todavía con el uniforme del colegio, me dirigí a tu casa. No, no es que me dirigiera yo, más bien una fuerza magnética me atrajo hacia tu puerta, con las piernas agarrotadas y las articulaciones temblorosas. Ya te lo he dicho, no sabía exactamente lo que quería, ¿caer a tus pies y rogarte que me mantuvieras como tu sirvienta, tu esclava? Supongo que se te hará gracia este ingenuo fanatismo de una niña de quince años, pero, amor, se te cortaría la sonrisa si me visualizaras saliendo a aquel pasillo helado, atenazada por el miedo y, sin embargo, impelida hacia delante por una fuerza impalpable, cómo tuve que arrancarme el brazo del cuerpo, por así decirlo, para lograr levantarlo y poder pulsar el timbre, tras unos segundos de una lucha tan dura que me pareció eterna. Todavía hoy oigo el chirrido del timbre, y después nada, nada más que el silencio que se instaló cuando, con el corazón en un puño hasta la sangre dejó de correr por mis venas pendiente únicamente de si abrirías la puerta.

Pero no viniste. No vino nadie. Obviamente habías salido esa tarde, y Johann debía de estar haciendo recados. Así que, con el ominoso sonido del timbre resonando entre el zumbido de mis oídos, volví tambaleándome a nuestro piso desierto, despojado de sus muebles, y me desplomé sobre una manta, tan cansada por aquellos cuatro pasos como si hubiera estado caminando durante horas sobre una gruesa capa de nieve. Pero bajo ese cansancio ardía con una llama siempre viva mi determinación de verte, de hablar contigo antes de que me arrancaran de aquel lugar. No había segundas intenciones, lo juro: seguía siendo una inocente, precisamente porque sólo pensaba en ti, sólo quería verte, verte una vez más, aferrarme a ti. Y toda la noche, toda aquella larga y terrible noche, te esperé. Te esperé y, una vez mi madre se hubo acostado y dormido, me deslicé hasta el pasillo para oírte entrar. Esperé toda la noche, que era una gélida noche de enero. Yo estaba cansada, me dolía el cuerpo, y no tenía una silla donde sentarme, de modo que me tumbé en el frío suelo, a pesar de la corriente de aire que se colaba por debajo de la puerta. Me tumbé en el suelo helado, llevando sólo un camisón fino, porque no había llevado manta, pues no quería abrigarme, por miedo a quedarme dormida y no oír tus pasos. Me frotaba los pies convulsivamente, me temblaban los brazos, tenía que levantarme todo el tiempo porque hacía mucho frío en aquella terrible oscuridad. Pero te esperaba, te esperaba, te esperaba como a mi destino.

Finalmente, serían ya las dos o las tres de la mañana cuando oí que se abría el portal y luego unos pasos en la escalera. De repente ya no tenía frío, me invadió un calor y abrí suavemente la puerta para precipitarme hacia ti y caer a tus pies... Ah, ¡no sé qué habría hecho entonces, en mi estupidez infantil! Los pasos se acercaron y apareció la luz de una vela. Sujeté temblorosa el picaporte de la puerta: ¿eras tú quien venía? Sí, eras tú, mi amor, pero no estabas solo. Oí una risita protestona, el crujido mullido de un vestido de seda y tu voz. Llegabas a casa con una mujer.

No sé cómo pude sobrevivir aquella noche. A la mañana siguiente, a las ocho, me llevaron a rastras a Innsbruck. No me quedaban fuerzas para resistir.

Mi hijo murió anoche. Volveré a estar sola si realmente tengo que seguir viviendo. Mañana vendrán unos desconocidos, hombres rudos, vestidos de negro, y traerán un ataúd en el que depositarán a mi único hijo, el pobre. Tal vez vengan también algunos amigos y traigan coronas de flores, pero ¿qué son las flores en un ataúd? Me consolarán y dirán algunas palabras banales, palabras, palabras ¿y eso a mí de qué me sirven? Sé que acabaré sola. Y no hay nada más terrible que estar solo entre la gente. Lo experimenté en Innsbruck, durante los dos interminables años que pasé allí, de los dieciséis a los dieciocho años, viviendo prisionera, como un paria, en el seno de mi propia familia. Mi padrastro, un hombre muy callado y de pocas palabras, me trataba bien. Mi madre, como para reparar una injusticia secreta, parecía dispuesta a concederme todos mis deseos. Los hombres jóvenes se agolpaban a mi alrededor, pero yo los rechazaba a todos con apasionada obstinación, porque yo no quería vivir feliz y contenta lejos de ti. Me encerraba en un mundo sombrío donde me infligía los peores tormentos. No me ponía los bonitos vestidos modernos que me compraban, me negaba a ir a conciertos o al teatro o a participar en divertidas excursiones. Apenas ponía un pie fuera. ¿Puedes creer, mi amor, que en esa ciudad en la que viví dos años, no conozco ni diez calles?

Estaba pasando un duelo y quería vivirlo, me embriagaba cada una de las privaciones que suponía no poder verte. Y no quería distraerme de mi pasión que consistía en vivir sólo para ti. Me sentaba sola en casa durante horas y horas, todo el día, y no hacía otra cosa que pensar en ti, sin parar, rememorando constantemente los cien pequeños recuerdos que tenía de ti, cada encuentro, cada expectativa, recreando estos pequeños episodios para mí misma como si pertenecieran a una obra de teatro. Y por eso, porque reviví cada segundo del pasado innumerables veces, toda mi infancia está marcada a fuego en mi memoria, de modo que siento cada minuto de aquellos años pasados con la misma calidez y viveza que si acabara de alborotarme las entrañas. En aquel tiempo vivía únicamente para ti. Compraba todos tus libros. Cuando tu nombre aparecía en el periódico, era un día de fiesta para mí. ¿Te puedes creer que me sé de memoria cada línea de tus libros?, los he leído muchas veces. Si alguien me despertara en mitad de la noche y me leyera en voz alta una frase tomada al azar, yo podría, incluso hoy, incluso hoy después de trece años, continuarla como en un sueño, porque la más mínima palabra tuya era para mí palabra revelada, era el evangelio. El mundo entero existía para mí sólo en relación contigo. Leía sobre los conciertos y estrenos del día en los periódicos vieneses, preguntándome cuáles podrían interesarte, y cuando llegaba la noche te acompañaba en la distancia: a tal hora entra en la sala, ahora se sienta. Miles de veces he soñado con esta escena, porque una vez te vislumbré en un concierto.

Pero ¿por qué contar este fanatismo rabioso que me corroía por dentro, este fanatismo tan trágico, tan desesperado, de niño abandonado, por qué contárselo a un hombre que nunca lo sospechó, que nunca supo nada de todo esto? Además, ¿era yo realmente todavía una niña? Tenía diecisiete años, luego dieciocho. En la calle los muchachos empezaban a girarse a mi paso, pero me irritaban más que otra cosa, porque realmente yo sabía que no podría amar a nadie más que a ti, ni tampoco jugar al juego del amor con otra persona, eso me era completamente ajeno y el mero hecho de sentirme tentada me habría parecido un crimen. Mi pasión por ti seguía siendo tan fuerte como siempre, sólo que iba cambiando a medida que mi cuerpo cambiaba, volviéndose más ardiente, más carnal, más femenina a medida que mis sentidos despertaban. Y lo que aquella niña que había llamado a tu timbre una tarde, guiada por un impulso inocente y desorientado, no había ni sospechado entonces, se había convertido ahora en mi único pensamiento: ofrecerme a ti, entregarme a ti.

La gente que me rodeaba me consideraba tímida y apocada (no había soltado prenda sobre mi secreto). Pero yo iba desarrollando una voluntad férrea, todos mis pensamientos y aspiraciones tenían el mismo propósito: volver a Viena, volver contigo. Y logré imponer mi voluntad, por insensata e incomprensible que pudiera parecer a los demás. Mi padrastro era un hombre rico y me veía como a su propia hija.

Pero, con feroz obstinación, persistí en mi deseo de ganar mi propio dinero y, finalmente, conseguí un empleo en Viena como empleada en una gran tienda de ropa de un pariente.

¿Hace falta que te diga adónde fui, ¡por fin!, aquella brumosa tarde de otoño en la que llegué a Viena? Dejé mi equipaje en la estación, me subí al primer tranvía (tenía la sensación de que no avanzaba, cada parada irritaba) y corrí hasta tu casa. Tus ventanas estaban iluminadas y me emocioné. Sólo entonces volvió a sonar el canturreo de la ciudad que hasta entonces me había encontrado extraña e indolente, sólo entonces despertó la vida, porque sabía que estabas cerca, tú, mi sueño de toda la vida. No podía saber que en realidad yo estaba siempre tan lejos de tu conciencia, tanto si nos separaban valles, montañas y ríos, como si sólo el fino cristal iluminado de tu ventana te separaba de mi anhelante mirada. Mis ojos estaban clavados ahí arriba, ahí arriba: ahí estaba la luz, ahí estaba la casa, ahí estabas tú, ese era mi mundo. Durante dos años había soñado con este momento, y ahora lo había logrado. Me quedé bajo tus ventanas toda aquella larga tarde, agradable y nublada; luego se apagó la luz. Sólo entonces busqué mi casa.

Y así, cada tarde volvía a apostarme ante tu edificio. Hasta las seis trabajaba en la tienda, un trabajo duro y penoso que, sin embargo, disfrutaba, porque todo aquel alboroto hacía más llevadero mi tormento. Y en cuanto oía caer el pesado cierre de acero tras de mí, corría directamente hacia mi preciado objetivo. Verte sólo una vez, sólo una vez cruzarme contigo, ése era mi único deseo, tener una última oportunidad para acariciar tu rostro con mis ojos desde lejos. Al cabo de una semana o así, por fin tuve la oportunidad de cruzarme contigo, y me pilló por sorpresa: mis ojos miraban tus ventanas cuando cruzaste la calle hacia mí. Y de repente volví a ser una niña, una niña, sentí cómo me sonrojaba. Involuntariamente, en contra de mi impulso más verdadero que me impelía a admirar tus ojos, humillé la cabeza y corrí a tu lado como si alguien me persiguiera. Después, me avergoncé de mí misma por haber huido como una colegiala asustada, como si no tuviera suficientemente claras mis intenciones. Pero sí, quería conocerte, te buscaba, quería que me reconocieras después de tantos años de espera, quería que me echaras cuenta, que me quisieras.

Pero tú no reparaste en mí durante mucho tiempo, a pesar de que todas las tardes, incluso a pesar de las nevadas y el viento helado de

Viena, yo estaba en tu calle. A menudo te esperé en vano durante horas, a menudo acababas saliendo de casa en compañía de tus visitantes; también dos veces te vi con mujeres, y me di cuenta de que había crecido, percibí el carácter nuevo, diferente, de mi sentimiento por ti por el súbito temblor de mi corazón, que me desgarró el alma al ver a una mujer extraña caminando del brazo contigo con tanta confianza. No es que me sorprendiera, pues durante mi infancia ya había presenciado tu incesante baile de visitas. La diferencia es que ahora mi cuerpo también sufría: me debatía entre el rechazo de esa intimidad abierta y carnal con otra, y el deseo de tener también yo mi parte. Un día, presa de orgullo pueril, que tal vez he conservado, me alejé de tu casa y aquella tarde de pataleta y rebeldía me resultó atroz. A la noche siguiente volví a plantarme humilde ante tu casa, esperando, esperando, como siempre había esperado por tu inaccesible vida.

Y entonces, una tarde, te fijaste en mí. Te había visto venir desde lejos y me puse firme para no rendirme. La suerte quiso que un camión de reparto bloquease la carretera, así que tuviste que pasar justo delante de mí. Tu mirada distraída me rozó instintivamente, y súbitamente, en cuanto advertiste la atención de mis ojos, se tornó en esa mirada que reservas a las mujeres —los recuerdos sacudieron entonces mi memoria—, esa mirada tierna que te envuelve y al mismo tiempo te desnuda, que te rodea como en un abrazo, esa mirada que me había hecho pasar de niña a mujer, a amante. Durante uno o dos segundos, tu mirada sostuvo la mía, sin poder ni querer apartarse... y entonces ya habías pasado de largo. El corazón me latía desbocado: a mi pesar, tuve que aminorar el paso, y cuando, llevada por una curiosidad invencible, me volví, vi que te habías detenido y me mirabas. Por tu expresión curiosa e interesada, lo supe enseguida: no me reconocías.

No me reconociste, no aquella vez; nunca, nunca me reconocerías. ¿Cómo podría yo, amor mío, describir mi decepción en aquel momento? Hay que decir que era la primera vez que sufría el destino de no ser reconocida por ti, el destino que me ha perseguido toda mi vida y con el que habré de morir: desconocida, siempre anónima para ti. ¿Cómo puedo describirte aquella decepción? Porque verás, durante esos dos años que pasé en Innsbruck, en los que pensaba constantemente en ti y no hacía más que imaginar cómo sería nuestro reencuentro en Viena, había previsto todas las posibilidades, desde las más sombrías hasta las más felices, según mi estado de ánimo. En mis sueños había proyectado todas las posibilidades, por decirlo de alguna manera. Había imaginado, en los momentos más oscuros, que me rechazarías por ser demasiado insignificante, demasiado fea, demasiado insistente. Todas las posibles manifestaciones de tu antipatía, de tu frialdad, de tu indiferencia, las había agotado en visiones apasionadas, pero justo aquello, que ni siquiera te dieras cuenta de que yo existía, eso, lo peor de todo, nunca lo habría podido imaginar, ni siquiera en mis peores presagios, ni siquiera cuando era plenamente consciente de no ser digna de ti. Hoy comprendo mejor —¡ya ves, me has enseñado a comprender!— lo variable que debe parecerle a un hombre el rostro de una joven, de una mujer, ya que principalmente no es más que un reflejo, a veces de una pasión, a veces de la puerilidad, a veces del cansancio, y se desvanece tan rápidamente como un reflejo en un espejo. Puedo comprender por qué es más fácil para un hombre olvidar el rostro de una mujer, pues la edad que representa cambia según la luz, y según la forma de vestirse en cada momento.

Sólo los que se resignan son verdaderamente sabios. Pero yo, con lo joven que era entonces, no lograba encajar tu indiferencia, porque al preocuparme constantemente por ti y perder todo sentido de la proporción, me había vuelto lo bastante tonta como para creer que pensabas en mí, que me esperabas.

¡Ningún recuerdo mío había pasado por tu mente! Y este súbito despertar bajo tu mirada, que me demostró que ya nada en ti me conocía, que no quedaba ni una pizca de recuerdo entre tú y yo, marcó mi primer descenso a la realidad, el primer presagio de mi destino.

Aquella vez no me reconociste. Y cuando, dos días más tarde, nos cruzamos de nuevo, tu mirada me envolvió con cierta familiaridad, seguías sin reconocer en mí a la chica que te había amado y a la que habías convertido en mujer, sino sólo a la bonita muchacha de dieciocho años que se había cruzado en tu camino en el mismo lugar dos días antes. Me miraste, gratamente sorprendido, y esbozaste una sonrisa. Volviste a pasar junto a mí, y de nuevo aminoraste el paso: temblé, me alegré, recé para que me hablaras. Sentí por primera vez que existía para ti: yo también aminoré el paso, no intenté escapar de ti. Y de repente, sin volverme, te sentí detrás de mí, supe que, por fin, por primera vez, iba a oír tu querida voz hablándome. Me quedé bloqueada esperando, y mi corazón latía tan deprisa que pensé que tendría que detenerme. Fue entonces cuando me alcanzaste. Me hablaste con tu estilo desenfadado y alegre, como si fuéramos amigos desde hacía mucho tiempo. Ah, no caías, ¡nunca te diste cuenta de quién era! Me hablabas con una soltura tan maravillosa que hasta yo era capaz de responderte. Paseamos juntos calle arriba y calle abajo. Luego me invitaste a cenar. Te dije que sí. ¿Cómo iba negarme?

Cenamos juntos en un pequeño restaurante, ¿recuerdas dónde era? No, qué pregunta, para ti sería una velada como tantas otras, porque ¿qué era yo para ti? Una de cientos, la última en una larga cadena de aventuras. Y además, ¿por qué ibas a acordarte de mí? No hablé mucho porque me gustaba tenerte cerca, escucharte hablar a ti. No quería estropear ni un solo momento con una pregunta o una tontería. Te doy las gracias por aquel momento, y nunca olvidaré hasta qué punto respondiste a mi apasionado respeto, hasta qué punto fuiste tierno, refinado y lleno de tacto; sin insistir nunca, sin recurrir jamás a esas caricias y a esos toques furtivos, te mostraste, desde el primer momento, tan franco y amable que sólo eso ya habría bastado para seducirme si yo no hubiera sido ya tuya con toda mi voluntad y con todo mi ser. ¡Desde luego estuviste a la altura para satisfacer las expectativas que me formara yo durante aquellos cinco años de mi adolescencia!

Se hacía tarde y nos fuimos. En la puerta del restaurante, me preguntaste si tenía prisa o si aún tenía tiempo. ¡Cómo podía yo ocultarte que estaba a tu disposición! Te respondí que aún tenía tiempo. Entonces, tras una ligera vacilación, me preguntaste si no quería continuar la conversación en tu casa.

—Con mucho gusto —dije, guiada por la naturalidad de mi sentimientos, y enseguida me di cuenta de que te habías quedado cortado o quizá más bien encantado, fuera como fuese, evidentemente sorprendido.

Hoy comprendo tu asombro, pues sé que es costumbre que las mujeres, aun cuando arde en ellas el deseo de entregarse, nieguen esa inclinación, finjan un miedo o indignación, que sólo pueden superarse mediante ruegos urgentes, mentiras, juramentos y promesas. Sé que sólo las profesionales del amor, las prostitutas, aceptan una invitación así con una naturalidad tan rotunda, y quizá también las chicas muy jóvenes e ingenuas. Pero en mi caso —¿cómo ibas tú a saberlo?— se trataba de la pura expresión de la voluntad, del deseo reprimido durante miles de días. Una cosa era cierta: te había impactado, empezaba a interesarte. Notaba cómo, mientras caminabas, tus ojos se volvían hacia mí y aprovechabas nuestra conversación para examinarme con una especie de asombro. Tus instintos, tus instintos prodigiosamente seguros sobre todo lo humano, habían detectado inmediatamente que había algo inusual, algo secreto en aquella chica bonita y tímida. Tu curiosidad se había despertado y, por la naturaleza meticulosa e inquisitiva de tus preguntas, advertí que intentabas desvelar mi secreto. Pero supe evadirlas, prefería que me tomaras por alocada antes que contarte mi secreto.

Subimos a tu casa. Créeme, amor mío, si te digo que no puedes comprender cómo me impactaron aquel rellano y aquellas escaleras, qué embriaguez, qué confusión sentí, qué felicidad loca, qué tormento, qué mortificación. Incluso ahora, a penas lo puedo recordar sin que se me salten las lágrimas, a pesar de que las he agotado. Pero hazte cargo de que cada objeto que allí había estaba impregnado de mi pasión, era un símbolo de mi infancia, de mi deseo: el portal donde te esperé mil veces, la escalera donde esperaba ver tus pasos y donde te vi por primera vez, la mirilla donde me dejé el alma espiándote, el felpudo frente a tu puerta donde me arrodillé un día, el sonido de la llave en la cerradura que siempre me hacía saltar en mi puesto de guardia. Toda mi infancia, toda mi pasión, estaba reunida allí, en esos pocos metros cuadrados, aquello era toda mi vida, y ahora se me venía encima como una tormenta, mientras todo, todo se hacía realidad, y yo entraba contigo —¡yo, contigo!— en tu casa, nuestra casa. Piensa —suena tan banal, pero no sé de qué otro modo expresarlo— que hasta llegar a tu puerta todo había sido, durante toda mi vida, una realidad anodina, un mundo aburrido y monótono, y que al franquearla entraba en mi mágico reino de la infancia, la maravillosa cueva de Aladino. Piensa que había mirado mil veces con ojos ávidos aquella puerta que ahora atravesaba tambaleándome, y tendrás una idea —sólo una vaga idea, ¡nunca lo llegarás a entender plenamente, mi amor!— de todo el peso que aquel instante me quitó de encima.

Pasé la noche en tu casa. Tú no sabías que antes de ti ningún hombre me había tocado, que ningún hombre había visto mi cuerpo. Pero cómo ibas a adivinarlo, amor, si no te ofrecí resistencia y me esforcé en que no me hiciera titubear el pudor, con el único fin de que no pudieras descubrir el secreto de mi amor por ti, que sin duda te habría asustado. Porque sólo amas lo que es ligero, lo que es diversión y no es un lastre, y temes aventurarte en el destino de otra persona. A ti lo que te gusta es querer a todo el mundo, querer al mundo, y sin que haya víctimas. Si te digo ahora, amado, que te entregué mi virginidad, ¡te ruego que me entiendas! No te estoy acusando. No hiciste nada para atraerme, no me mentiste ni me sedujiste, fui yo, sólo yo, quien te buscó, quien se echó en tus brazos, quien se precipitó hacia su destino. Nunca jamás te acusaré, no, en cambio te doy las gracias, porque para mí aquella noche fue maravillosa, una explosión de voluptuosidad, una nube de dicha. Cuando abrí los ojos en la oscuridad te sentí a mi lado, me asombró no ver las estrellas sobre mí, pues tan cerca me sentía del cielo. No, nunca me arrepentí, mi amor, nunca, por haber vivido aquel momento. Aún lo recuerdo: cuando te dormiste, cuando oí tu respiración, cuando sentí tu cuerpo tan cerca del mío y lloré de felicidad en la oscuridad.

A la mañana siguiente, me fui muy temprano. Me esperaban en la tienda, y quise marcharme antes de que llegara tu criado: no quería que me viera. Cuando estuve frente a ti, vestida y lista para irme, me tomaste en tus brazos y me miraste largamente ¿era un recuerdo oscuro y lejano que vibraba en tu interior, o simplemente te parecí hermosa, por lo feliz que estaba? Entonces me besaste en los labios. Me aparté suavemente y quise marcharme. Entonces me preguntaste:

—¿No quieres llevarte unas flores?

Te dije que sí. Cogiste cuatro rosas blancas del jarrón de cristal azul del escritorio (que yo conocía desde niña, pues lo había visto una vez a hurtadillas) y me las diste. No paré de besarlas en todo el día.

Habíamos quedado en volver a vernos al día siguiente. Acudí, y una vez más fue maravilloso. Aún me regalaste una tercera noche. Luego me dijiste que tenías que irte de viaje —¡oh, esos viajes, cómo los odio desde que era niña!— y prometiste ponerte en contacto conmigo en cuanto volvieras. Te di una dirección de un apartado de correos, pues no quería decirte mi nombre para no desvelar mi secreto. De nuevo, me diste unas rosas como despedida, sí... como despedida...

Todos los días, durante dos meses, me pasaba a preguntar si había llegado recado tuyo... pero no, ¿para qué describirte aquella tortura infernal de la espera, de la desesperación? No te acuso, te quiero como eres, ardiente y olvidadizo, generoso e infiel, te quiero así, y sólo así, te quiero como siempre has sido y como sigues siendo ahora. Hacía tiempo que habías vuelto, lo sabía por tus ventanas iluminadas, y no me escribiste. No tengo ni una sola línea tuya escrita que leer ahora en mi final, ni una sola línea tuya, después de haberte dado mi vida. Esperé, esperé como una mujer desesperada. Pero no me diste una señal, no me escribiste una línea... ni una línea...

Mi hijo murió ayer. También era tu hijo. Era tu hijo también, amor, el hijo de una de esas tres noches, te lo juro, y piensa que una persona no miente cuando ve que se muere. Era nuestro hijo, te lo juro, porque ningún hombre me tocó desde que yací contigo y hasta que di a luz. Me consideraba bendecida por tus caricias; ¿cómo habría podido dividirme entre ti, que lo eras todo para mí, y otros que sólo habrían pasado fugazmente por mi vida? Era nuestro hijo amado, el hijo de mi amor decidido y de tu ternura despreocupada, desbordante, casi inconsciente, nuestro hijo, nuestro único hijo. Pero te estarás preguntando —quizá asustado, quizá sólo asombrado—, te estarás preguntando, amor mío, por qué te oculté la existencia de este niño durante todos estos largos años, ¡sólo para contártelo hoy, ahora que yace en las tinieblas, descansando allí para siempre, dispuesto ya a partir para no volver nunca, nunca más! ¿Pero cómo podría habértelo dicho? Nunca me habrías creído, a mí, una extraña, yo que tanto deseaba darte aquellas tres noches, yo que me había entregado a ti sin pensarlo dos veces, más bien buscándolo. Nunca habrías creído que la mujer sin nombre de una aventura de una noche te seguiría siendo fiel, a ti, que eres infiel. Nunca habrías reconocido a este niño como tuyo sin desconfiar. Nunca habrías podido librarte, aunque mi palabra te hubiera parecido digna de confianza, de la secreta sospecha de que intentaba convertirte a ti, un hombre rico, en el padre de un hijo ajeno. Habrías sospechado de mí, y aún habría existido una zona gris entre tú y yo, la vaga sombra de la duda. Yo eso no lo habría soportado. Y además, te conozco: te conozco tan bien, si no mejor, de lo que te conoces tú a ti mismo, y sé que habría sido doloroso para ti, que amas el lado despreocupado, ligero y disfrutón del amor, encontrarte de repente padre, súbitamente responsable de un destino. Tú, que sólo puedes respirar un aire de libertad, te habrías sentido de algún modo atado a mí. Me habrías odiado —sí, sé que lo habrías hecho de forma inconsciente—, me habrías odiado por retenerte así. Durante unas horas, o incluso unos breves minutos, habría sido una carga para ti, habría sido odiosa... pero yo, en mi orgullo, quería que pensaras en mí el resto de tu vida sin malos sentimientos. Prefería ocuparme de todo antes que ser una carga para ti, quería ser la única de todas tus parejas a la que siempre verías con amor y gratitud. Pero en realidad, nunca pensaste en mí, te olvidaste de mí.

No te acuso, mi amor, no, no te acuso. Perdóname si a veces una gota de amargura brota de mi pluma, perdóname —es porque mi hijo, nuestro hijo, yace allí, muerto, bajo la llama parpadeante de las velas. Apreté los puños contra Dios y le llamé asesino, ya no estoy en mis cabales. Perdóname por esta queja, ¡perdóname! Sé que en el fondo de tu corazón eres amable y leal, prestas tu ayuda a quien te la pide, incluso se la prestas a la primera persona que encuentras. Pero tu bondad es tan extraña: es una bondad que está tan disponible que cualquiera puede usar de ella, es amplia, infinitamente grande, tu bondad, pero es —perdóname— indolente. Hay que pedirla, buscarla. Hay que llamarte, hay que rogarte tu ayuda, y tú ayudas por piedad, por debilidad, no por placer. Te lo digo francamente: prefieres a una persona afortunada antes que una desdichada. Y a los hombres que se comportan así, incluso a los que son tan buenos como tú, cuesta pedirles algo. Un día cuando aún era una niña, vi a través de la mirilla de la puerta como le dabas algo a un mendigo que había llamado a tu timbre. Le diste una limosna generosa o incluso excesiva, anticipándote a su petición, pero le pusiste el dinero en las manos con reparo y urgencia, como diciéndole que ya se podía ir. Era como si tuvieras miedo de mirarle a los ojos. Nunca he olvidado esa forma nerviosa y tímida de ayudar a los necesitados rehuyendo de su gratitud. Y por eso nunca recurrí a ti. Podría haberlo hecho, estoy segura de que habrías cumplido con tu deber, dudaras o no de tu paternidad. Me habrías consolado, me habrías dado dinero, más dinero del que necesitaba, pero también con la secreta impaciencia de alejar cuanto antes de ti este disgusto. Sí, creo que habrías llegado a persuadirme para que abortara. Y eso era lo que más temía en el mundo. Porque habría hecho cualquier cosa para complacerte, ¡cómo iba a negarte nada! Pero este niño lo era todo para mí, porque era tuyo, un segundo tú, aunque no del todo: ciertamente ya no eras tú, el hombre feliz y despreocupado que nunca logré retener, sino un tú —pensaba yo entonces— que se me ofrecía para siempre, prisionero en mi cuerpo, íntimamente implicado en mi vida. Esta vez por fin había conseguido atraparte, podía sentirte, sentir tu vida creciendo en mis venas, alimentarte, regarte, abrazarte, besarte cuando mi alma ardía en deseos de hacerlo. Ya ves, mi amor, por eso fui tan feliz desde el día en que supe que esperaba un hijo contigo, por eso te oculté la verdad, porque a partir de entonces ya no podías escapar de mí.

En realidad, amor, no fueron sólo los meses felices que había imaginado, fueron también meses llenos de horror y tormento, llenos de repugnancia ante la vileza de los hombres. Mi situación era difícil. Durante los últimos meses del embarazo, no podía ir a la tienda a trabajar, para no despertar las sospechas de mi familia, que habría informado a mi madre de mi estado. No quería dinero de mi madre, así que aguanté hasta el parto vendiendo las pocas joyas que tenía. Una semana antes de dar a luz, una lavandera me robó del armario las pocas coronas que me quedaban, así que tuve que ir al hospital. Fue allí, a donde sólo las mujeres más pobres, reprobadas y olvidadas se arrastran en caso de urgencia, allí, en medio de la más completa miseria, donde nació el niño, tu hijo. Es un lugar que te fuerza renegar de la vida: todo allí te es ajeno, extraño, totalmente extraño. Nos mirábamos como extraños los que allí yacíamos, solitarios y llenos de odio algunos, unidos sólo por la miseria, por los mismos tormentos, en aquella habitación con un aire viciado cargado de cloroformo y sangre, de gritos y gemidos. Sufrí las humillaciones, los ultrajes morales y físicos que la miseria me imponía, por el contacto con prostitutas y pacientes que, al compartir el mismo destino que el mío, lo manchaban de infamia, por el cinismo de los jóvenes médicos, que destapaban las camas de desdichados indefensos con una sonrisa irónica y los tocaban con falso aire científico, también por la codicia de las enfermeras. Allí, el pudor de un ser humano es crucificado con miradas y lacerado con palabras. La pizarra con tu nombre es todo lo que queda de ti, porque lo que hay en la cama es sólo un bulto de carne temblorosa manoseada por la observación y el estudio. Oh, no saben, las mujeres que dan a luz niños para sus maridos que los reciben con devoción, en sus propias casas, lo que es parir un niño cuando estás sola, indefensa, abandonada a merced de esos estudiantes que te ponen las manos encima. Hasta el punto de que, aún hoy, cuando leo la palabra «infierno» en un libro, pienso inmediatamente, a mi pesar, en aquella habitación hacinada y maloliente, llena de gemidos, risas y gritos sanguinolentos, en la que tanto sufrí, aquel matadero del pudor.

Perdóname que hable de ello. Pero sólo lo voy a comentar una vez: nunca, nunca más volveré a hablar de ello. Durante once años me lo he guardado para mí, y pronto enmudeceré para siempre. Así que una sola vez necesito gritarlo, decir a voces los sacrificios que tuve que hacer por este niño, que era mi vida, y que ahora yace a mi vera sin aliento. Ya había olvidado aquellas penurias, gracias a su risa, a su voz, a mi felicidad. Pero ahora que ha muerto, el tormento vuelve con fuerza y debo arrancarlo de mi alma, esta vez, esta única vez. Pero no es a ti a quien culpo, sólo a Dios, sólo a este Dios que ha hecho inútil todo aquel sacrificio. No es a ti a quien culpo, lo juro, y nunca he dejado estallar mi furia contra ti. Incluso cuando mi cuerpo se retorcía en los dolores del parto, cuando mi cuerpo ardía de vergüenza bajo las miradas de los estudiantes de medicina, incluso en el segundo en que el dolor me partió el alma, nunca te acusé ante Dios. Nunca lamenté aquellas noches, nunca maldije mi amor por ti, siempre te amé, siempre bendije la hora en que te conocí. Y si tuviera que volver a pasar por el infierno de aquellos momentos, sabiendo de antemano lo que me esperaba, lo volvería a hacer, amor mío, ¡una y mil veces!

Nuestro hijo murió ayer. Nunca llegaste a conocerlo. Nunca, ni siquiera durante el más breve instante de un encuentro fortuito, tu mirada rozó a este pequeño ser resplandeciente, tu niño. Me escondí de ti durante mucho tiempo desde el día en que tuve a este niño. Mi ardiente amor por ti se había vuelto menos doloroso, sí, creo que te amaba menos apasionadamente, o al menos no sufría tanto por mi amor, desde que me había llegado el niño. No quería desgarrarme entre tú y él, así que no me entregaba a ti, el hombre realizado que vivía ignorándome, sino a este niño que me necesitaba, al que tenía que alimentar, al que podía cubrir de besos y acoger en mis brazos. Me parecía haber sido liberada de la confusión en la que me habías metido, rescatada de mi destino fatal, salvada por este otro tú, que era verdaderamente mío. Ya raramente, cada vez con menos frecuencia, sentía la necesidad de acercarme humildemente a tu casa. Sólo mantenía una tradición: para tu cumpleaños, siempre te enviaba un ramo de rosas blancas exactamente iguales a las que me habías regalado tras nuestra primera noche de amor. ¿Alguna vez te preguntaste, en aquellos diez u once años, quién te las enviaba? ¿Quizá recordabas a la mujer a la que una vez regalaste las mismas rosas? No lo sé y nunca sabré tu respuesta. Me bastaba con enviártelas desde el anonimato, hacer florecer el recuerdo de aquel momento una vez al año.

No llegaste a conocer a nuestro pobre hijo. Ahora estoy enfadada conmigo misma por habértelo ocultado, porque te habría encantado. Nunca lo conociste, al pobre, nunca le viste sonreír cuando levantaba ligeramente los párpados y sus ojos oscuros e inteligentes —¡tus ojos!— arrojaban una luz clara y alegre sobre mí, sobre el mundo. Ay, era tan alegre, tan encantador, toda la ligereza de tu ser se reflejaba en él de un modo infantil, tu viva y animada imaginación se renovaba en él, podía jugar alternativamente durante horas con objetos de los que se había encaprichado, igual que tú juegas con la vida, para luego volver a ponerte serio y regresar a tus libros, con el ceño fruncido. Cada vez se parecía más a ti, ya apuntaba esa dualidad entre seriedad y diversión que es tan tuya. Y, cuanto más se parecía a ti, más me gustaba. Aprendía rápido, hablaba francés por los codos, sus cuadernos eran los más sobresalientes de su clase, y qué guapo estaba con todo eso, qué elegante con su traje de terciopelo negro o con su chaquetita blanca de marinero. Siempre era el más elegante de todos, fuera donde fuera. En Grado, cuando paseaba con él por la playa, las mujeres se paraban y le acariciaban su larga melena rubia. En Semmering, cuando iba en trineo, la gente se volvía hacia él admirada. Era tan guapo, tan simpático, tan fácil de tratar: cuando el año pasado entró como interno en el Theresianum, llevaba el uniforme y la espadita como un paje del siglo XVIII. Ahora sólo lleva la camisa, este pobre niño que yace con los labios pálidos y las manos entrelazadas.

Pero te preguntarás cómo pude criar al niño con tanto lujo, cómo conseguí darle una vida brillante y alegre sin privaciones. Amor mío, lo que ahora te voy a contar es más turbio. No me avergüenzo, quiero decírtelo, pero no te asustes: me vendí. No me convertí en lo que llamarías una chica de la calle, una prostituta, pero me vendí. Tenía amigos ricos, amantes ricos. Primero los buscaba yo, luego me buscaban ellos, porque —¿te has dado cuenta?— yo era muy guapa. Todos a los que me ofrecía me cogían cariño, todos me estaban agradecidos, todos se preocupaban por mí, todos me querían... ¡todos menos tú, sólo tú, mi amor!

¿Me desprecias ahora porque te he dicho que me vendí? No, sé que no me desprecias, lo comprendes todo, y también comprenderás que sólo lo hice por ti, por tu otro yo, por tu hijo. Ya había vivido la crueldad de la pobreza en aquella sala de maternidad y sabía que en este mundo los pobres son siempre víctimas pisoteadas y maltratadas, y no quería que tu hijo, tu hermoso hijo, tuviera que crecer en los barrios bajos, en la mugre, en la zafiedad y la tosquedad de la calle, en el aire pestilente de cobertizo. Su delicada boca no debía conocer el lenguaje del lumpen, ni su piel clara la ropa pringosa y mal cortada de los pobres. Tu hijo había de tenerlo todo, todas las riquezas y las facilidades para ascender hacia tu nivel, hacia tu clase.

Por esta razón, sólo por esta razón, amor mío, me vendí. No fue un sacrificio para mí, ya que lo que comúnmente se llama honor y deshonor no tenía ningún significado para mí, porque tú no me amabas, tú, el único a quien pertenecía mi ser, así que me era indiferente lo que pudiera ocurrirle a mi cuerpo. Las caricias de los hombres, e incluso sus pasiones más profundas, no me llegaban al corazón, aunque no podía evitar sentir estima por algunos de ellos, y a menudo me conmovía la piedad al ver que su amor no correspondido parecía imitar perfectamente mi propia suerte. Todos los que he conocido han sido buenos conmigo, todos me han mimado, todos me han querido. Un hombre en particular, un conde del Sacro Imperio Romano Germánico, viudo de cierta edad, removió Roma con Santiago para lograr que el hijo huérfano de padre, tu hijo, entrara en el Theresianum... me quería como a una hija. Tres, cuatro veces me pidió que me casara con él. Hoy podría ser condesa, señora de un castillo de cuento de hadas en el Tirol, podría vivir sin preocupaciones, porque el niño tendría un padre cariñoso que le habría adorado, y yo tendría a mi lado un hombre tranquilo, distinguido y bueno. Pero no accedí, por mucho que insistió y a menudo haciéndole daño al negarme. Tal vez fue una locura, porque ahora viviría en paz, libre de carencias, y el niño, el querido niño, estaría conmigo, pero —y por qué no confesártelo— yo no quería estar atada, quería estar libre para ti en todo momento. En lo más profundo de mí, en lo más subconsciente de mi ser, seguía existiendo ese viejo sueño infantil de que tal vez algún día me llamarías para que volviera contigo, aunque sólo fuera para un momento. Y por esa posibilidad de un instante, lo rechacé todo, sólo para estar libre para ti cuando me llamaras por primera vez. ¿Acaso toda mi vida, desde que era niña, no ha sido más que esperar, aguardar tu buena voluntad?

Y ese momento al final llegó, aunque tú no sabes cuándo fue. ¡No tienes la menor idea, mi amor! Ni siquiera entonces me reconociste. ¡Nunca, nunca me reconocerás! Te había visto muchas veces, en teatros, en conciertos, en el Prater, y por la calle. Cada vez que te veía, mi corazón daba un vuelco, pero tú pasabas de largo sin verme: hay que decir que mi aspecto había cambiado bastante, la niña tímida se había convertido en una mujer conocida por su belleza, vestida con trajes caros, rodeada de admiradores ¡cómo podías sospechar en mí a la joven tímida que habías visto en la penumbra de tu dormitorio! A veces, alguno de los hombres con los que estaba te saludaba, tú inclinabas la cabeza y me mirabas, pero tu mirada expresaba una educada distancia, era la mirada de un entendido que nunca me reconocía, era distante, espantosamente distante. Casi me había acostumbrado, pero un día, aún lo recuerdo, tu costumbre de no reparar en mí se convirtió en un verdadero tormento: yo compartía palco en la ópera con un amigo, y tú estabas sentado en el palco de al lado. Las luces se habían apagado para la obertura, y ya no podía ver tu cara, pero sentía tu aliento tan cerca de mí, como aquella noche, y en la barandilla forrada de terciopelo que separaba nuestros dos palcos, estaba apoyada tu mano, tu mano fina y delicada. Terminó apoderándose de mí el deseo de inclinarme y besar humildemente aquella mano inaccesible, aquella mano tan querida que antaño me había abrazado con ternura. El zumbido de la música a mi alrededor me mareaba, el deseo se hacía cada vez más apasionado, tenía que agarrarme con fuerza, obligarme a permanecer sentada, así de incontenible era la fuerza que empujaba mis labios hacia tu querida mano. Al final del primer acto, le pedí a mi amigo que me llevara a casa. No podía soportar tenerte a mi lado en la oscuridad, tan distante y a la vez tan cerca.

Pero llegó el momento, llegó una vez más, una última vez en mi vida baldía. Fue hace casi un año, el día después de tu cumpleaños. Curiosamente yo había estado pensando en ti todo el día, porque siempre celebraba tu cumpleaños como si fuera una fiesta. Había salido muy temprano a comprar las rosas blancas que te enviaba todos los años en recuerdo de un episodio que tú habías olvidado. Por la tarde, salí en coche con el pequeño, le llevé a la pastelería Demel y por la noche al teatro; quería que viviera este día desde pequeño, sin saber su significado, como un enigmático día de fiesta. El día siguiente lo pasé con mi pareja de entonces, un joven y rico fabricante de Brünn, con el que ya vivía desde hacía dos años, que me adoraba, me mimaba, quería casarse conmigo tanto como los demás, y que comprendía aún menos que los demás por qué le rechazaba. Y es cierto que nos colmó de regalos a mí y al niño, y que su amabilidad un tanto torpe y servil no carecía de encanto. Fuimos juntos a un concierto, allí nos encontramos con un grupo de amigos muy animado, fuimos a cenar a un restaurante de la Ringstrasse y allí, entre risas y charlas, propuse continuar la velada en el Tabarin. Siempre me había disgustado ese tipo de locales en particular, con su falsa algarabía alcohólica y todo lo relacionado con el mundo de los trasnochadores en general, y solía rechazar sugerencias de ese tipo. Sin embargo, aquella noche había una insondable fuerza mágica dentro de mí que me empujó a hacer la propuesta y, de inmediato, sin pensarlo, en plena diversión general, de repente sentí un impulso inexplicable, como si allí me esperara algo especial. Fuimos al Tabarin, bebimos champán, y de repente me invadió una alegría loca, casi dolorosa, sí, como nunca había conocido. Bebí y bebí, acompañaron mi voz aquellas viejas melodías y casi sentí la necesidad de bailar y festejar. Pero de pronto, como si algo frío o caliente cayera de repente sobre mi corazón, me sobresalté: sentado en la mesa de al lado, con unos amigos, me dirigías una mirada llena de admiración y deseo, una mirada que siempre me removía el cuerpo por dentro. Por primera vez en diez años, volvías a mirarme con toda la fuerza inconsciente y apasionada de tu ser. Yo temblaba. El vaso que sostenía casi se me cae de la mano. Afortunadamente, mis compañeros no se dieron cuenta de mi confusión, enmascarada por el ruido de las risas y la música.

Tu mirada se volvió cada vez más ardiente, sumiéndome en un infierno. No sabía si por fin, por fin me habías reconocido, o si me deseabas de nuevo, como a otra, como a una desconocida. La sangre se me subió a las mejillas y seguí distraídamente la conversación de mis compañeros de mesa: seguro que te habías dado cuenta de cómo me perturbaba tu mirada. Con un movimiento de cabeza, imperceptible para los demás, me invitaste a salir un momento al pasillo. Después pagaste tranquilamente la cuenta, te despediste de tus amigos y te marchaste, no sin antes decirme una vez más que me esperarías fuera. Yo temblaba como si estuviera hundida en nieve o tomada por la fiebre, no podía responder a nada, no podía controlar el ardor que alborotaba mi sangre. La suerte quiso que, en ese preciso momento, una pareja de negros iniciara un nuevo y extraño baile, haciendo sonar sus tacones gritando con fuerza: los ojos de todo el mundo estaban puestos en ellos, y yo aproveché ese segundo. Me levanté, le dije a mi amigo que volvería enseguida y fui en tu busca.

Me esperabas en la entrada, delante del guardarropa: tus ojos se iluminaron cuando me viste llegar. Te acercaste a mí sonriendo; enseguida vi que no me reconocías, que no reconocías a la niña de antaño, ni tampoco a la jovencita. Una vez más me acogías como a una recién llegada, una extraña.

—¿Un día de estos tendrá usted una hora libre también para mí? —me preguntaste con displicencia. Por tu seguridad, advertí que me habías tomado por una esas mujeres, una de esas mujeres a las que se puede comprar por una noche.

—Sí —dije, el mismo sí tembloroso, pero no por ello menos natural y dispuesto que te había dado la joven hace más de diez años una tarde en la calle.

—¿Y cuándo podríamos vernos? —preguntaste.

—Cuando usted guste —respondí, mostrándome descarada ante ti, y me miraste un poco sorprendido, con el mismo asombro teñido de desconfianza y curiosidad que habías mostrado aquella otra vez en que mi afán por decir que sí ya te había sorprendido.

—¿Podría ser ahora? —preguntaste, dudando un poco.

—Sí —dije— vamos.

Tenía que ir al guardarropa y recoger mi abrigo.

En ese momento, recordé que mi amigo tenía el tique del guardarropa de nuestros dos abrigos, que habíamos dejado a la vez. Volver allí y pedírselo no habría sido posible sin una justificación de peso, pero no quería renunciar al momento que iba a pasar contigo, que llevaba años esperando. Así que no lo dudé ni un segundo, simplemente me puse el chal sobre el vestido de noche y salí a la noche brumosa, sin preocuparme del abrigo, sin preocuparme del hombre bueno y cariñoso que me había apoyado durante años, y al que yo estaba humillando delante de sus amigos haciéndole quedar como un hazmerreír, como el hombre cuya amante le abandonó después de años al primer silbido de otro hombre. Sí, en el fondo era plenamente consciente de la bajeza, de la ingratitud, de la infamia que cometía contra un amigo sincero, sentía que actuaba de forma ridícula y que con esta locura ofendía mortalmente y para siempre a un buen hombre, sentía que echaba mi vida al traste... pero ¿qué pesaba la amistad, qué valía mi existencia frente a la oportunidad de volver a sentir tus labios y de oír tus tiernas palabras dirigidas a mí? Así es como te quería, y ahora puedo decírtelo, ahora que todo ha terminado y está enterrado. Y creo que, si me llamaras en mi lecho de muerte, aún encontraría fuerzas para levantarme y seguirte.

Un coche nos esperaba frente a la entrada y nos llevó a tu casa. Volví a oír tu voz, disfruté tu dulce presencia y me sentí igual de arrobada, presa de la misma confusión dichosa e infantil de antes. Lo que sentí al subir las escaleras... no, no, no puedo describirte la forma en que todo, en aquellos segundos, se me representaba en dos versiones, la del pasado y la del presente, y en medio de todo, tú, en todas partes. No había cambiado gran cosa en tu habitación, sólo algunos cuadros más y más libros, y aquí y allá un mueble nuevo, pero nada que me hiciera sentir que me adentraba en territorio desconocido. Y en tu escritorio estaba el jarrón con las rosas, con mis rosas que te había enviado el día anterior por tu cumpleaños, en recuerdo de una mujer que ni siquiera recordabas, que ni siquiera reconocías, ni siquiera ahora que estaba tan cerca de ti, con mi mano en tu mano y tus labios contra los míos. Pero, de todos modos, me alegró ver que te ocupabas de las flores, pues así había al menos una pizca de mí, un soplo de mi amor a tu alrededor.

Me tomaste en tus brazos. Una vez más compartí contigo toda una noche de placer. Pero ni siquiera reconociste mi cuerpo desnudo. Me entregué feliz a tus expertas caricias, y pude comprobar que tu pasión no hacía distinción entre una amante y una mujer venal, que te entregabas por entero a tu deseo, entregándote naturalmente en cuerpo y alma. Eras tan tierno y suave conmigo, con la mujer que habías traído de un cabaré... tan respetuoso y tan amablemente atento, y al mismo tiempo tan apasionado por disfrutar de una mujer. Una vez más, embriagado de una felicidad recién descubierta, sentí esa dualidad tan característica de tu ser, la pasión lúcida y cerebral, pero redoblada de sensualidad, que ya había cautivado a la niña que fui. Nunca antes había visto a un hombre en la intimidad entregarse tanto al momento presente, dejando que su yo más profundo brotase y resplandeciese hasta tal punto... para luego replegarse en una indiferencia sin límites, casi inhumana. Pero me estaba olvidando también de mí misma ¿qué parte de mí estaba ahora en la oscuridad a tu lado? ¿Era la niña codiciosa de antaño, era la madre de tu hijo, era la extraña? ¡Ah, todo era tan familiar, tan conocido y, sin embargo, tan maravillosamente nuevo en aquella noche apasionada! Y recé para que no terminara nunca.

Pero llegó la mañana, nos levantamos tarde y me invitaste a desayunar contigo. Tomamos juntos el té, que una mano amable había colocado discretamente en el comedor, y charlamos. Una vez más me hablaste con aquella cordialidad tuya tan absolutamente franca y natural, y siempre sin hacer la menor pregunta indiscreta, sin mostrar la menor curiosidad por saber quién era yo. No me preguntaste mi nombre, no me preguntaste dónde vivía, pues yo no era para ti, una vez más, más que una aventura, alguien sin nombre, un momento tórrido que se desvanece en los humos del olvido sin dejar rastro. Me explicaste que pronto viajarías lejos, al norte de África durante dos o tres meses y yo temblé en medio de mi felicidad, pues ya retumbaba en mis oídos ¡se fue, se fue y se olvidó! Hubiera preferido caer de rodillas y gritar: «¡Llévame contigo para que por fin me reconozcas, al fin, al fin después de tantos años!». Pero fui demasiado tímida, demasiado cobarde, demasiado esclava, demasiado débil ante ti. Sólo pude decir:

—Es una lástima.

Me miraste y sonreíste:

—¿De verdad te molesta?

Entonces me invadió una rabia repentina. Me levanté y te miré fijamente durante largo rato sin pestañear. Luego dije:

—El hombre al que amaba también solía ir de viaje.

Te miré fijamente. «¡Ahora, ahora me reconocerá!». Temblaba de ansiedad, lo deseaba con todo mi ser. Pero tú me sonreíste y me dijiste, para consolarme:

—Al final siempre se vuelve, ¿verdad?

—Sí —respondí—, vuelves un día u otro, pero cuando llegas ya lo has olvidado todo.

Debía de haber algo extraño en mi tono, algo sentido, porque te levantaste y me miraste con una expresión de asombro y bondad. Me cogiste por los hombros:

—Lo que es bueno no se olvida, yo no te olvidaré —dijiste mientras tu mirada se clavaba profundamente en mí, como si quisieras fijar esa imagen para siempre. Y en el momento en que sentí esa mirada entrar en mí, buscando, buscando, anhelando todo mi ser, pensé que, por fin, por fin, se había roto el hechizo que te cegaba. Me reconocerá, ¡me reconocerá! Me temblaba el alma sólo de pensarlo.

Pero no me reconociste. No, no me reconociste, no podía ser más extraña para ti de lo que fui en aquel momento porque de lo contrario... de lo contrario nunca podrías haber hecho lo que hiciste unos minutos después. Acababas de besarme, de besarme apasionadamente por última vez. Tuve que arreglarme el pelo y, al ponerme delante del espejo, vi el reflejo —y creí que me desmayaría de vergüenza y horror—, te vi deslizar discretamente unos billetes grandes en mi manga. ¿Cómo pude contenerme para no gritar y cruzarte la cara allí mismo? Yo, que te había amado desde niña, que soy la madre de tu hijo, ¡me estabas pagando la noche! Para ti era una prostituta que trabajaba en Tabarin, ni más ni menos ¡me habías pagado! No te bastaba con haberme olvidado, tenías que humillarme aún más.

Recogí rápidamente mis cosas, quería irme, alejarme lo antes posible. Me dolía demasiado. Cogí mi sombrero, estaba sobre el escritorio, junto al jarrón con las rosas blancas, mis rosas. Tuve que intentarlo por última vez para que te acordaras:

—¿Quieres darme una de tus rosas blancas?

—Con mucho gusto —dijiste, e inmediatamente cogiste una.

—Pero quizá sean de una mujer, una mujer que te quiere —dije.

—Tal vez —dijiste— no lo sé. Son un regalo y no sé de quién, por eso las quiero tanto.

—Quizás son de una mujer que has olvidado.

Parecías sorprendido. Te miré fijamente. «¡Reconóceme, reconóceme al fin!», gritaron mis ojos. Pero tus ojos sonrieron amistosamente sin comprender. Me besaste de nuevo, pero no me reconociste.

Me precipité hacia la puerta porque sentía que se me llenaban los ojos de lágrimas y no quería que me vieras así. En el vestíbulo, me precipité y casi me tropiezo con Johann, tu criado. Él retrocedió de un salto contra la pared, se apresuró a abrir la puerta para dejarme salir, y entonces, en un segundo, al mirar fugazmente entre lágrimas a aquel hombre envejecido, un brillo había atravesado sus ojos como un relámpago. En el espacio de un segundo —¿me oyes?— en el espacio de un segundo, el anciano, que no me había visto desde que era una niña, me reconoció. Podría haberme arrodillado ante él y haberle besado las manos. Pero lo único que hice fue arrancarme de la manga los billetes con los que me habías azotado y entregárselos. Tembló y me miró con ojos asustados. En aquel segundo puede que él adivinara más cosas sobre mí que tú en toda tu vida. Todos, todos me han mimado, todos han sido buenos conmigo —¡sólo tú me has olvidado, sólo tú nunca me has reconocido!

Mi hijo ha muerto, nuestro hijo. Ahora no tengo a nadie a quien querer en el mundo, salvo a ti. Pero, ¿qué eres tú para mí, tú que nunca me reconoces, nunca, tú que pasas a mi lado como un arroyo, tú que me pisas como a un guijarro, tú que siempre te alejas y siempre sigues tu camino y me dejas esperando sin fin? En un tiempo pensé que podría retenerte a ti, el fugitivo, representado en el niño. Pero era el hijo de su padre y me ha abandonado cruelmente en plena noche para emprender un viaje, me olvidó y no volverá jamás. Vuelvo a encontrarme sola, más sola que nunca, no tengo nada, nada de ti: ningún hijo, ni una palabra, ni una línea, ningún lugar en tu memoria, y si alguien mencionara mi nombre delante de ti, no le prestarías atención. ¿Por qué no habría de morir voluntariamente, ya que no existo para ti, por qué no habría de abandonar este mundo, ya que tú me has abandonado? No, amor mío, no te culpo, no quiero esparcir mi pena en tu hogar feliz. No temas que te atormente por más tiempo —perdóname, sólo esta vez tuve que derramar mi alma en este momento en que el niño yace ahí, muerto y abandonado. Sólo por esta vez tuve que hablarte, luego volveré a la oscuridad y al silencio, el silencio que siempre he observado con respecto a ti. Pero no oirás este lamento mientras yo viva, sólo cuando muera recibirás de mí este testamento, de mí, que te amé más que a nadie y a quien nunca conocerás.

Siempre te he esperado y nunca me has llamado. Tal vez, tal vez ahora me buscarás, y te seré infiel por primera vez, no volveré a saber de ti porque habré muerto, no te dejaré un retrato ni recuerdos, como tú no me dejaste nada. Nunca me reconocerás, nunca. Ese fue mi destino mientras viví, que así sea una vez muerta. No quiero ir en tu busca ahora que ha llegado mi hora, me voy sin que conozcas mi nombre ni mi cara. Muero con el corazón ligero, porque tú nada puedes sentir desde la distancia. Si tú tuvieras que sufrir para verme morir, yo no podría morir.

No puedo seguir escribiendo... Me pesa tanto la cabeza... Me duelen los miembros, tengo fiebre... Creo que voy a tener que acostarme pronto. Tal vez llegue pronto el final, tal vez el destino sea amable conmigo por una vez y no tenga que ver cómo se llevan el cuerpo... No puedo escribir más. Adiós, amor, adiós, te doy las gracias... Estuvo bien así, a pesar de todo... Te daré las gracias hasta mi último aliento. Ahora estoy aliviada, porque te lo he contado todo. Ahora sabes, o no, más bien, sólo puedes adivinar cuánto te he amado, y sin embargo, ese amor no te pesa. No me echarás de menos y eso me reconforta. Nada cambiará en tu bonita y luminosa vida... no te causaré ningún problema con mi muerte... eso me reconforta, amor mío.

Pero, ¿quién... quién te enviará las rosas blancas cada año en tu cumpleaños? Ah, el jarrón estará vacío, ese sutil indicio, ese pequeño aliento de mi vida que una vez al año flotaba a tu alrededor ¡también se extinguirá! Amor mío, escucha, te lo ruego... esta es mi primera y última oración para ti... hazlo por mí, en tu cumpleaños, en ese día que solemos dedicar a pensar en nosotros mismos, coge unas rosas y ponlas en el jarrón. Hazlo, amor, como el que encarga una misa para marcar el cabo de año desde el fallecimiento de un ser querido. Pero yo ya no creo en Dios y no quiero misas, sólo creo en ti, sólo te amo y sólo quiero seguir viviendo en ti... Ah, un pequeño día al año, discretamente, lo más discretamente posible, como he vivido junto a ti... Por favor, hazlo, mi amor... Esta es mi primera oración para ti, y también la última... Te doy las gracias... Te quiero, te quiero... adiós.

Dejó la carta con manos temblorosas y se quedó pensativo un buen rato. Le vinieron a la memoria imágenes dispersas de una vecinita, una niña, una mujer que había conocido en un cabaré, pero eran imágenes borrosas y confusas, como el trémulo brillo de una piedra en el fondo de un arroyo. Las sombras iban y venían, pero no se formaba ninguna imagen. Eran recuerdos vívidos que temblaban y no conseguía combinarlos en una imagen nítida. Le parecía que había soñado con todas aquellas figuras, que las había soñado a menudo y profundamente, pero sólo soñado.

Fue entonces cuando su mirada se posó en el jarrón azul que tenía delante, sobre el escritorio. Estaba vacío, vacío el día de su cumpleaños por primera vez en años. Se estremeció: fue como si una puerta se hubiera abierto de repente en algún lugar y una corriente helada de otro mundo rasgara el aire de su silenciosa habitación. Sintió la muerte y sintió un amor inmortal, y en el fondo de su alma algo floreció, y el pensamiento de la mujer ausente persistió, inquietante y esquivo, como el rumor de un estribillo lejano.

ÍNDICE